Ernst Wachler

Unter den Buchen von Sassnitz

Ein Sommer-Festspiel in fünf Aufzügen

Ernst Wachler

Unter den Buchen von Sassnitz
Ein Sommer-Festspiel in fünf Aufzügen

ISBN/EAN: 9783743420649

Hergestellt in Europa, USA, Kanada, Australien, Japan

Cover: Foto ©Andreas Hilbeck / pixelio.de

Ernst Wachler

Unter den Buchen von Sassnitz

Unter
den Buchen von Saßnitz.

Ein Sommer-Festspiel in fünf Aufzügen

von

Ernst Wachler.

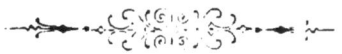

Berlin.

Verlag von Richard Heinrich.

1897.

Unter den Buchen von Saßnitz.

Unter
den Buchen von Saßnitz.

Ein Sommer-Festspiel in fünf Aufzügen

von

Ernst Wachler.

Berlin.
Verlag von Richard Heinrich.
1897.

Deutschland! Vaterland! Die Thräne hängt
Mir an der Wimper, wenn ich dein gedenke!
Kein Land, das herrlicher als du, kein Volk,
Das mächtiger, edler als wie deines! Stolz
Und stark, umkränzt von grünen Reben, tritt
Der Rhein dem unverdienten Untergang
In Niederlandens Sand entgegen — kühn
Und jauchzend, stürzt die Donau zu dem Aufgang —
Unzählige deutsche Adern rollen grad
So stolz und kühn als Deutschlands Ströme! —

         Schau,
Hoch über dem eiszackigen Gebirg
Tirols erhebt der Adler sich zur Sonne,
Als wäre da sein heimatlicher Horst. —
Die Berge schrumpfen unter seinem Blick
Zu Stäubchen ein — tief unten aber in
Tirols beengten Thälern schlägt für Kaiser
Und für Ehre manches Herz weit höher als
Der Adler wagt zu steigen!
          Grabbe.

Personen.

Prinz Friedrich Karl von Preußen.

Ribbentrop, Kapitän zur See.

Hollefaul, Kriegsrat.

Zumbusch, Forstmeister.

Thomstorff, Landrichter.

Doctor Cavadrutt, Arzt.

Tine, seine Frau.

Bildhauer Hartung.

Agnes, seine Schwester.

Hans Edelkatt.

Feldmann, Inspektor.

Oberst von Torgany, verabschiedet.

Gitta, seine Tochter.

Christof Schlichtegroll, ein Landpfarrer.

Töge Lorenzen,
Henning Kruse,
Karsten Wings, } Fischer.
· Michel Borgwardt,

Kunz Fiedelbogen, ein Dorfmusikant.

Marine-Offiziere, Badegäste, Landleute, Dorfjugend, Fischer, Matrosen, Musikanten, ein Waldhüter, Diener.

Bemerkung. Im fünften Aufzug ist ein wohl dem Pfarrhause zu Sagard entstammendes Gedicht und eine Stelle W. H. Riehls benutzt.

Erster Aufzug.

Erste Scene.

Der Gipfel des Fahrnberges.

Edelkatt, Hollefaul, Cavadrutt, Frau Tine, Zumbusch, Har tung, Agnes, Thomstorff und Feldmann treten auf.

Edelkatt. Hier herauf!

Hollefaul. Nein, zur Rechten, sag ich! Höher, höher!

Edelkatt. Biegt das Gebüsch zurück; die Schlucht muß
vor uns sein!

Tine. Nun? Sind wir oben?

Zumbusch. Sagt doch, Freund Edelkatt, wo bleibt das Ziel?

Edelkatt. Seht ihr die Ostsee in der Sonne blitzen?
Saßnitz am Rand des Meers? —
Dies ist des Fahrnbergs Gipfel, drauf wir stehn.

Cavadrutt. Sehr schön! Gelt, Weibchen?

Thomstorff. Nicht?

Tine. Ein prächtiger Ausblick!

Agnes. Ei, lieblich liegt das Walddorf dort im Thal,
Umringt von Korn und prangend grünen
Fluren!

Hartung. Ins Moos, ihr Freunde! Lagert euch! Das
Frühmahl
Verzehrt sich doppelt gut im würzigen Wald-
grund.
Heran, heran! Zur Eiche!

Thomstorff. Wer erzählt heut?

Cavadrutt. Wie stehts, Herr Kriegsrat? Ein drollige
Schnurre?

Agnes. Ja, ein Geschichtchen, wie nur ihr es wißt!

Hollefaul. Laßt sehn, laßt sehn. Wie, wenn ich eine wahre
Geschichte heut in Vorrat hätte, Kinder?

Cavadrutt. Sonst nahm ers mit der Wahrheit nicht genau!

Hollefaul. Was sagt ihr denn zum Spuk am Herthasee?

Zumbusch. Wie? 'n Spuk?

Thomstorff. Ihr scherzt!

Tine. Was ists damit?

Cavadrutt. Laßt hören!

Hollefaul. Der Wirt zum Fahrenberg erzählt mirs jüngst.
Ihr wart dabei, Inspektor. Nun, zum Teufel,
Ich bin nicht abergläubisch grad. Was
meint ihr?
Freitags in heller Nacht erklingt Musik,
Elfenhaft zart, vom Ufer; aus dem Laubwald,
Dem uralt heiligen, der den See beschirmt,
Kommt es geschritten; und ein Nachen,
Gestalten drin, fährt auf dem dunklen See.
Ein Nachen, denkt, kein Fischer führt
dort Ruder.

Zumbusch. Ei was!

Tine. Die graue Sage!

Feldmann. Nein, seit kurzem
Erscheint der Spuk!

Cavadrutt. Ein Märchen, hübsch
erfunden!

Hollefaul. Ein Märchen? Geht mir! Reine Wirklichkeit!

Hartung. Vielleicht, daß sich Frau Holda wieder zeigt
An Wies und Wald, in stillen Sommernächten.

Manch Sonntagskind sah ihren weißen
                                  Schleier,
Sternengestickt, und hört das süße Klingen.

Cavadrutt. Und wer bezeugt die wunderliche Botschaft?

Hollefaul. Die Fischerkinder brachten erst es aus.
Lauft hin nach Stubbenkammer, fragt nur um,
Forscht in den nächsten Dörfern; wißt, die
                                  Gegend
Ist voll davon.

Hartung.   Das erste, was ich höre!

Hollefaul. Glaub ich!

Zumbusch.   Ihr meint —

Tine.   Männchen, was
                      kann das sein?

Zumbusch. Hört, macht das einem andern weis, mir nicht!

Feldmann. Herr Forstmeister, bedenkt mir doch: der Wirt
Verbürgt für Wahrheit sich.   Ich kenn den
                                  Mann.
Nein, klug und redlich ist der, seid versichert.

Zumbusch. Was, Teufel auch! Ein Spaß! Das muß ich sehn!
Und muß dahinterkommen, was dies ist!
Ei, Doktor Cavadrutt, ihr, junges Frauchen,
Ihr haltet mit? Topp, Doktor, eure Hand;
Was thut uns drein solch luftiges Nacht=
                                  gesindel?

Hollefaul. Daß ichs gesteh: ich selber will dahin.

Thomstorff. Wie, wenn das Ganze Sinnestäuschung wäre,
Gebild der Nacht, des aufgeregten Geistes,
Schreckhafter Bauern thöricht Hirngespinst?

Feldmann. Man hat zu öftern Malen es bemerkt.

Cavadrutt. Und stets nur freitags, sagt ihr, naht der Spuk?
Höchst sonderbar!

1*

Tine.	Ein lockendes Geheimnis Seltsamster Art!
Hollefaul.	Wer weiß, vielleicht ent= hüllt sichs. Doch, Kinder, sagt: was hab ich sonst wohl Neues?
Cavadrutt.	Wie solln wirs raten?
Hartung.	Ists vom roten Prinzen?
Tine.	Von unserm Prinzen Friedrich Karl von Preußen?
Agnes.	Es heißt, er sei schon hier; und unerkannt Misch er sich oft in das Gespräch des Landvolks.
Hollefaul.	Von dem nicht; aber doch von neuen Gästen. Im Wirtshaus drunten sind sie angemeldet. Ein alter Offizier mit junger Tochter, Mit junger, hübscher Tochter, wollt ich sagen.
Zumbusch.	Das weiß er schon? Sieh, sieh!
Hollefaul.	Ja, Herr Forstmeister, Ich rat euch gut, da macht euch auf die Freite!
Zumbusch.	Ihr alter Hagestolz, ihr habt leicht reden!
Hollefaul.	Man muß der Frauenzimmer sich erbarmen.
Agnes.	Herr Kriegsrat, wollt ihr mit uns Frauen Krieg?
Hollefaul.	Das Mädchen, denkt, soll schön sein, stammt vom Lande, — es ist der Schlag ostelbischer Edelleute — Nicht arm, kurzum: das wär ein Weib für euch.
Zumbusch.	Das nenn ich toll: ihr rühmt, wen ihr nicht saht!
Hollefaul.	Macht nichts. Ich sprach den Wirt; der weiß das alles.
Zumbusch.	Sie kann, ich wett euch, auch mordhäßlich sein!
Hollefaul.	Pfui Kuckuck, habt ihr niedrige Bedenken.

Euch fehlt der rechte Mut; ihr kriegt kein Weib!
Nichtwahr, Freund Edelkatt?

Edelkatt. Wie meint
Herr Kriegsrat?
Verzeiht, ich hört nicht zu.

Cavadrutt. Freund, fangt ihr
Grillen?

Hollefaul. Was steht ihr da und guckt nach Binz hinüber,
Statt unsre Schönen flink zu unterhalten?
Wär ich so jung wie ihr, potz Donnerwetter,
Ich wär ein andrer Kerl.

Edelkatt. Wie denn, Herr
Kriegsrat?

Hollefaul. Ich gäb was an; ich triebe tausend Faxen;
Ich stellt dies kleine Nest flugs auf den Kopf
Und wagte herzhaft einen rechten Schalks-
streich.

Edelkatt. Wer weiß, Herr Kriegsrat, ob wir keinen
wagen?

Hollefaul. Sind das denn Streiche? Geht mir, junger
Freund! —
Wart ihr dazu, als junger Offizier,
In Frankreich, Spanien, in Nord-Afrika,
Fern der Gesellschaft nichtigem Formenzwang
Und ihren Puppen, Firnis nur, nie Kern,
Um in der Fremde kalt und starr zu werden?
Taut auf! Hier braucht es keine glatten Reden;
Sprecht, wies uns Herz euch; tollt! Ihr seid
kein Greis;
Was soll ich alter steifer Knabe machen?
O wärt ihr einmal tüchtig doch verliebt,
Von Leidenschaft gequält, das gönnt ich euch!

Edelkatt. Herr Kriegsrat, Dank; ihr meint es gut mit mir;
Doch fürcht ich, euer Wunsch hat schlechte
Aussicht.

Hollefaul. Nur schlimm für euch! Herrschaften, hab ich
Recht?

Thomstorff. Versteht sich!

Tine. Immer!

Agnes. Armer Edelkatt!

Zumbusch. Was, Hollefaul, wir waren andre Helden?

Hollefaul. Das wollt ich meinen. Himmelsapperment!
— Nun, was krieg ich für eine dritte
Nachricht?

Zumbusch. Wo hat er all die Neuigkeiten her?

Agnes. Was Angenehmes?

Hollefaul. Weiß nicht.

Tine. O Herr Kriegsrat,
Wir nehmen Freitags auch zum See euch mit,
Erzählt ihr rasch!

Hollefaul. So hör sie, Frauchen. Unser ruhig Leben,
Eintönig schilts der wechselsüchtige Städter,
Wird bald vielleicht 'nem bunten Treiben
weichen.

Thomstorff. Ei, was ihr sagt! Wie sollte das —

Hollefaul. Ja, glaubts nur.
Was sagt mir Karsten Wings vorhin um zehn,
Der grad zurück von gutem Fischfang kehrte?
Daß an der Oie Panzer sein in Sicht.

Agnes. Panzer von unsrer Flotte kämen her?

Hollefaul. Es gehen, ihr müßt wissen, jedes Jahr
Zu Ehren Friedrich Karls, Genralfeld=
marschalls,
Kriegsschiffe auf der Rhede hier vor Anker.

Was gilts? Die sinds. Da giebt es was zu sehn.
Mannschaft und Offiziere gehn ans Land.
Sind prächtige Leute drunter. Fest und Spiel
Und Kurzweil wird nicht fehlen, zum Vergnügen
Für uns Landratten; unsern Edelkatt,
Versteht sich, ausgenommen; der liegt freilich
Den halben Tag in seinem Boot auf See.
Was sagt ihr dazu?

Tine. Das kann lustig werden!

Hollefaul. Ich denks und will das Meinige dazu thun.

Thomstorff. Herr Kriegsrat, ists genehm dann aufzubrechen?
's wird Mittag, eh wir unten.

Hollefaul. Meinethalben
Gleich, Herr Landrichter.

Feldmann. Wolln wir morgen nicht
Früh, dächt ich, aufstehn und hinauf zur Bläse?
Wir wollten doch den Sonnenaufgang sehn.

Zumbusch. Ei freilich wolln wir das!

Cavadrutt. So bleibts dabei.

Agnes (Hartung zurufend). Bruder, wir gehn!

Thomstorff. Mein Fräulein, euren Arm.
Die andern sind vorauf.

(Hollefaul, Tine, Feldmann, Zumbusch, Cavadrutt, Thomstorff,
Agnes ab. Hartung und Edelkatt bleiben einen Augenblick zurück.)

Hartung. Hör, Edelkatt, du bist daheim nach Tisch?

Edelkatt. Kann sein. Nachmittags segl ich.

Hartung. Konnt mirs denken.
Versteck nur Harfe, Horn und Pfeife gut;
Hörst du, Gesell? Sie sind uns auf der Fährte!

Edelkatt. Freut mich.

Hartung. Das wird ein herrlich Abenteuer!

(Beide ab.)

Zweite Scene.

Uferwaldweg, davor schmaler Steinstrand.

Kruse sitzt seitwärts in seinem Boot, an das sich Wings lehnt.
Borgwardt nahebei mit dem Aufspannen von Netzen beschäftigt.
Lorenzen will auf dem Wege vorüber.

Kruse. Hei of, Töge Lorenzen!

Lorenzen. Was meinst, Henning Kruse?

Kruse. Wart; wolln dir bloß was sagen.

Lorenzen. Was wärs denn?

Wings. Wir haben um diese Zeit immer das Fest ausgericht für die Badegäste.

Lorenzen. Ja, das kann wohl sein.

Kruse. Es heißt, 's wieder zu bedenken für dies Jahr.

Lorenzen. Nur zu; so schlimm wird das nicht werden.

Borgwardt (sein Geschäft unterbrechend). Aber wir müssen doch was haben, um die Herrschaften zu unterhalten.

Wings. Was meint ihr dazu, wenn wir ein Spiel anstellten?

Borgwardt. Was solls damit?

Wings. Ein kleines Spiel, zum Aufführen vor den Leuten.

Kruse. Ja, das können wir wohl machen. Aber, wer sollt es aufführen?

Wings. Wer? Wir selber.

Borgwardt. Dumms Zeug.

Kruse. Sieh mal!

Wings. Warum nicht?

Lorenzen. Der Teufel soll mich holen, Karsten; das ist ein närrischer Vorschlag.

Kruse. Da müßten wir zum ersten ein Stück haben.

Borgwardt. Schlimm.

Lorenzen. Das findt sich. Was soll denn in dem Stück vorkommen?

Kruse. Ja, was kanns da wohl aus unsrer Gegend geben? Fremde Ding gehn unsereins nicht an.

Wings. Der König Karl hat einmal von der großen Stubbenkammer ausgeschaut, nach einer Seeschlacht von Dänen und Schweden; der Fels heißt noch Königsstuhl.

Borgwardt. Was haben wir davon?

Wings. Für ein Stück gehört immer eine ordentliche Geschichte.

(Schlichtegroll tritt, eine Pfeife im Munde, auf und setzt sich auf einen großen Stein in der Nähe.)

Lorenzen. Wie wärs mit dem Freibeuter Klaus Störtebeck?

Wings. Der hier seinen Schlupfwinkel hatt am Schloßberg?

Kruse. Wie wars mit dem?

Lorenzen. Das war ein verflixter Kerl und fest durch schwarze Kunst! Aber als er ein edles Fräulein aus der Kirche zu Riga entführte, da hat ihr Bräutigam seine Vaterstadt Hamburg zu Hülfe gerufen. Nun gingen die Hansen zur See! Ihre Schiffe machten Jagd auf den Freibeuter. An unsrer Küste, bei der Stubbenkammer, hielten die seefahrenden Leute dem Feinde Stand; der fing sie alle. Dem Störtebeck aber gings schlimm in Hamburg: stürz den Becher, sagt er zum letzten Mal und trank; dann ward er um eine Spanne kürzer gemacht.

Wings. Und du sagst, das wär nicht schlecht für ein Spiel?

Lorenzen. Ja, das sag ich.

Kruse. Aber wo kriegen wir einen Menschen her, der das Stück machen thät?

Wings. Das muß halt der Schullehrer machen.

Kruse. Nein, der kömmt gleich mit seinem Lateinisch an: wer kann das gelehrte Zeug verstehn?

Lorenzen. Aber wir haben doch keinen andern!

Pfarrer. He, Leute, kann ich euch dabei nicht helfen?

Kruse. Lieber Herr, das ist ein vertracktes Stück.

Pfarrer. Macht nichts. Das müßt doch mit dem Teufel
                                            zugehn,
Was ein Landpfarrer nicht zu Wege bringt.
Ihr wollt ein Schauspiel übern Störtebeck?
Das schaff ich euch in kurzer Zeit, sonst will ich
Mein Lebtag, Sapperment, Seewasser schlucken!

Wings. Ja, wenn der Herr so gut sein will —

Pfarrer.   Wobei
Wird denn gespielt?

Borgwardt.   Beim nahen Fischerfeste.

Pfarrer. Gut, lieben Leut. Ich les das Stück euch vor,
Entscheidet euch dann selbst und teilt die Rollen.
(Zu Lorenzen.) Den Störtbeck aber müßt ihr selber
                                            geben,
Was macht ihr für erschreckliche Gesichter!

Kruse. Uns Recht.

Pfarrer. Adjes heut!

Wings.   Schönen Dank auch, Herr.
                    (Schlichtegroll ab.)

Lorenzen. Kommt, helft mein Boot mir höher auf den
                                            Strand ziehn;
Die See geht hoch.

Kruse.   's ist steifer Ost.

Wings.   Ein Segel
Noch drauß.

Lorenzen.   Heut wär ein Badegast so keck?
Wer führt ihn?

Borgwardt.   's ist kein Fischerboot. Ich kenns.
Dem Herrn, der bei mir wohnt, gehörts; der
                                            scheert
Sich viel um Wind und Wetter.

Kruse.   Vor dem Wind grad.
Das Boot hält gut die See.

Wings.   Wer ist der Herr?

Borgwardt. Er hat ein Gut, ich glaub, im Holstenland.
Heißt Edelkatt. Ein junger Starrkopf!

Lorenzen.   Kommt nur!

(Alle ab. Von Torgany und Gitta treten auf.)

Gitta.   Dies ist der Uferwaldweg?

v. Torgany.   Freilich, Kind.
Schau, eine Bank. Wie wärs, wenn wir uns
                                        setzten?

(Sie setzen sich.)

Gitta.   Der Platz liegt lieblich hier im kühlen Schatten,
Laubüberdacht, und dicht davor das Meer!

v. Torgany. Sieh, Gitta, diese Felswand, dran die Bank
                                        lehnt.
Bis Stubbenkammer ziehen sich die Klippen,
Und über sie hinweg läuft hoch der Weg,
Den wundervollen Forst der Stubbnitz säumend.
Gefällt dirs hier, mein Kind?

Gitta.   Gut, Väterchen.

v. Torgany. Das glaub ich wohl, mein kleiner Schelm! Nicht
                                        wahr,
Ein heitrer schöner Aufenthalt? Der Sommer
Prangt doppelt schön am Meer. Hier sollst
                                        du froh sein,
Magst springen, spielen ganz nach Herzenslust,
Im Wald auch, wenn du willst, beim Dichter
                                        träumen.
Hier schilt dich niemand; Wildfang, du bist frei.

Gitta.   Was ist dies Braune, vorn am Strande, wohl?

v. Torgany. 's ist Tang, Gewächs, vom Meere ausgespült.

Gitta. Warum dort Menschen in den Steinen suchen?

v. Torgany. Nach Muscheln spähn sie, spitzen Donnerkeilen,
Seeigeln zieren Musters, längst versteinert;
Am Fuß der Kreidefelsen findst du viel.

Gitta. Wie frisch die Luft weht! Väterchen, mich dünkts
Hier schöner fast als in den schlesischen Bergen.

v. Torgany. Du bist zum ersten Mal ja an der See.

Gitta. Heut früh, ich saß vermummt im Wagen noch,
Eröffnete sich endlos weites Blau;
Mir schiens der Himmel, bis das Land versank.

v. Torgany. Ja, dies Gefühl beim ersten Blick ist seltsam.
Mich überkams als Knaben, ich entsinn mich.
Das Herz schlägt schneller, und die Brust wird weit;
Es ist, als atme man des Meeres Freiheit.
In solcher Luft erwachsen Heldensöhne,
Die nicht den seegestählten Briten nachstehn,
Und unsres Kriegsruhms wert.

(Schlichtegroll kommt zurück.)

Gitta. Sieh nur die Möven!
Wie blitzen ihre Fittiche auf dem Meer!

v. Torgany. Die Oie liegt in ihres Fluges Richtung.
Vergaß ich denn mein Glas? Nein doch.
(Blickt hindurch.) Sehr klar!
's ist eine kleine rote Felseninsel.

Pfarrer. Verzeiht, kann ich durch euer Fernrohr sehn?

v. Torgany. Ich bitte, nehmt.

Pfarrer. Dort die Greifswalder Oie?

v. Torgany. Man sieht sie deutlich mit dem Leuchtturm drauf.

Pfarrer. Das Glas ist scharf. Wer sich nur drauf
versteht!
Es nützt, solch einen Gucker zu besitzen.

v. Torgany. Ich braucht im Dienst ihn.

Pfarrer. Das kann ich mir denken.
Hier; danke schön. Das Fräulein will viel=
leicht —

Gitta. O nein; ich seh mit bloßem Auge lieber.

Pfarrer. Erst kurze Zeit in Saßnitz, darf man fragen?
Besinn mich nicht, daß ich euch schon begegnet.

v. Torgany. Mit Recht. Wir sind erst seit heut Morgen hier.

Pfarrer. Ja so. Ein herrlich Fleckchen Erde, gelt?
Das unsern Herrgott lobt. Man fühlt gar
wohl sich
Und kriecht aus seiner Alltagshaut heraus;
So thuts Natur uns an. Seht nur das Meer!
Ihr kamt nicht mit dem Dampfer?

v. Torgany. Nein, zu Land
Aus Sagard mit dem Wagen, früh. Bedenkt,
Mein Mädchen ist der See noch ungewohnt.

Pfarrer. Ei, Fräulein, ei, ihr müßt bald seefest
werden!

Gitta. Mein Vater ist zu sehr um mich besorgt.
Ich bin nicht krank noch furchtsam.

Pfarrer. Ei, ich glaubs.
Wär eure blühnde Jugend unterwühlt,
Wer schiene noch gesund? Das möcht ich
wissen.
So seid ihr zur Erholung hier?

v. Torgany. So ists.
Jedoch nicht dies allein.

Pfarrer. Ein andrer Zweck?

v. Torgany. Ein alter Freund von der Marine hofft
Hier mit mir einige Tage zu verbringen;
Sein Schiff kreuzt in den Rügischen Gewässern.

Pfarrer. Der Herr ist, mit Erlaubnis, Offizier?

v. Torgany. Der abgedankt. Sonst habt ihr recht geraten.

Pfarrer. Mein Nam ist Schlichtegroll, und ich bin
Pfarrer.

v. Torgany. Oberst von Torgany, mit meiner Tochter.

Pfarrer. Das ist ein schmuckes Fräulein schon, Herr
Oberst.

v. Torgany. Je nun, das hat noch Zeit. Sie ist knapp
sechzehn.
Ganz Kind, noch gar nicht Dame. 's ist mir
lieb so.

Pfarrer. Das kommt leicht über Nacht.

v. Torgany. Ich fürcht es nicht.
Doch wohin blickst du mir so lebhaft, Gitta?

Pfarrer. Sieh da, ein Segelboot! Gleich wird es
hier sein.

Gitta. Ei, prächtig kommt es durch die Flut ge-
schossen!

Pfarrer. Die Schiffer seh ich nicht.

v. Torgany. 's ist einer nur.
Er sitzt am Steuer. Eine wilde Fahrt!
Dreifach gerefft die Segel!

Pfarrer. Dreht er bei?

v. Torgany. Der Wind weht scharf aus Ost; 's ist nicht
gefahrlos.

Pfarrer. Ho, wie das Boot im Wogengange schlingert

v. Torgany. Der Kiel stampft heftig auf!

Gitta. Und wie das spritz:
Und übers Boot hin stäubt!

Pfarrer.	Sturzwellen sinds,
	Kein Faden bleibt dem trocken.
Gitta.	Eine Bootswand
	Läuft fast im Wasser.
Pfarrer.	's ist ein junger Waghals;
	Wer führe heut wohl zum Vergnügen?
Gitta.	Gott,
	Das Boot schlägt um!
v. Torgany.	Nein, es erhebt sich wieder!
	Die Welle faßt es jählings von der Seite. ·
Pfarrer.	Seht nur, wie rasch er jetzt den Klüver ein=
	zieht!
	Herunter mit dem Segel! 's war auch Zeit!

(Man hört das knirschende Auflaufen eines Segelbootes.)

	Am Land! Das nenn ich 'nen verwegnen
	Burschen!
Edelkatt (hinter der Scene).	He, Jungen! Flink, das Segel fest
	gemacht!
	Schöpft mir das Wasser aus! Den Anker los!
Pfarrer.	Wie sich die Fischerbuben drüber stürzen,
	Als gälts 'nen Wettstreit!
v. Torgany.	Gitta, es wird kühl.
Gitta.	Die Sonne ist herunter.
v. Torgany.	Kind, ich denk
	Den Heimweg anzutreten.
Pfarrer.	Ihr wollt fort?
v. Torgany.	's ist Zeit, daß wir hinaufgehn. Nun, Herr
	Pfarrer,
	Auf Wiedersehn.
Pfarrer.	Herr Oberst, guten Abend;
	Und angenehme Ruh, mein junges Fräulein.

(Der Oberst und Gitta ab.)

Hör, Christof Schlichtegroll, jetzt setz dich hin;
Nimm deinen Grips zusammen für das Stück!
Was für ein Teufel ist in mich gefahren,
Daß ich den Federfuchsern ins Gewerk pfusch?

(Edelkatt tritt erregt auf.)

Edelkatt. Herr, auf ein Wort! Wer war das Mädchen,
                                       sagt,
Das, in Begleitung, eben hier noch stand?

Pfarrer. Ei! Wer das war?

Edelkatt.   Ihr spracht mit ihr, ihr wißts.

Pfarrer. Was fällt euch ein? Seid ihr gescheidt? Was?
                                        Herr,
Wie kommt ihr denn dazu, mich so zu stellen?

Edelkatt. Ich bitt euch, gebt auf meine Frage Antwort:
Wer war das schöne Mädchen?

Pfarrer.   Seht mir doch!
Das geht euch gar nichts an! Versteht ihr mich?

Edelkatt. Ihr alter Grobian, nehmt doch Vernunft an!
Was thuts euch, wenn ichs weiß?

Pfarrer.   Potz Donnerwetter,
Was wollt ihr denn damit?

Edelkatt.   Herr, keinen kränken!
Im Gegenteil!

Pfarrer.   So? Ich will euch was sagen.

Edelkatt. Nun?

Pfarrer.   Die verflixten Namen behalt der Teufel.
Ich habs vergessen.

Edelkatt.   Wirklich?

Pfarrer.   Sagt einmal:
Seh ich wie einer aus, dem Lügen Not thut?

Edelkatt. Wer war der alte Herr denn?

Pfarrer. 's ist ein Oberst,
Des Mädchens Vater. Lernt ihn just erst kennen.

Edelkatt. Wißt ihr nicht, wo sie wohnt?

Pfarrer. Schockschwerenot,
Kommt ihr viel fragen. Nein!

Edelkatt. Verwünschtes Zaudern!
Wär ich den beiden lieber nachgegangen!
So wißt ihr gar nichts weiter?

Pfarrer. Nicht ein Fünkchen!
Doch: daß die Tochter sechzehn Winter zählt
Und heut erst angelangt. Ist das genug?

Edelkatt. Blutwenig! Aber halt   Kunz Fiedelbogen
Muß helfen.

Pfarrer. So? Hört einmal, junger Mann.
Fallt über einen wackren Christenmenschen
Nie her, bestürmt mit tausend Fragen ihn,
Wie eben mich; es könnt euch schlimm ergehn!
Schient mir vorhin zur See ein ganzer Kerl;
Sonst hättet ihr, mein Seel, schwarz werden
können,
Eh ich euch Auskunft gab!

Edelkatt. Was weiter?
Ich hätt sie anders mir verschafft.

Pfarrer. Ihr hättet!
Und wenn nun niemand sich dazu verstanden?

Edelkatt. So hätt ich von dem Kind sie selbst geholt!

Pfarrer. Wer seid ihr denn, daß ihr so trotzig pocht?

Edelkatt. Was kümmerts euch? Ich bin mein eigner
Herr!

Pfarrer. Da seid ihr etwas Rechtes! Sieh mal an!
Ei, junger Mann, so wollt um Gunst ihr werben?

Edelkatt. Um eure sicher nicht, verlaßt euch drauf!

Pfarrer. Lernt Sanftmut, junger Mann, Bescheidenheit!

Edelkatt. Lernt sie erst selbst, zum Kuckuck!

Pfarrer. Schwerenot!

Wollt ihr mir nicht beständig widersprechen!

Edelkatt. Wer seid denn ihr, daß ihr mir Sitte predigt?

Pfarrer. Ein Pfarrer bin ich und kein Kuppler, merkts
euch!

Packt euch zur Hölle, mich laßt ungeschoren!

Edelkatt. Ich geh und laß euch wüten, alter Drache!

Pfarrer. So? Ohne Dank?

Edelkatt. Wofür? Dank euch der Teufel!

Auf Wiedersehn; und grüßt mir hübsch mein
Mädchen! (ab.)

Zweiter Aufzug.

Erste Scene.

Auf der Bläse.

Rechts (vom Schauspieler) der Waldweg mit der Platte des Felsen-
vorsprungs, links sieht man die Küste, tief unten den Strand und das
Meer. Morgendämmerung.

Hollefaul, Cavadrutt, Zumbusch, Tine, Hartung, Thomstorff, Agnes, Feldmann, Edelkatt treten auf.

Hollefaul. Habt ihr das dumpfe Donnern nicht gehört?

Cavadrutt. Nein.

Hartung. Ich schlief fest.

Hollefaul. Mich weckt es aus dem Schlaf.

Zumbusch. Ganz recht; vor Morgen?

Thomstorff. Ein Gewitter, glaubt ich.

Hollefaul. Ich sag euch, 's war der Donner von Ge-
schützen.
Drauf wett ich doch —

Tine. Ei seht nur, seht!

Cavadrutt. Was giebts?

Agnes. Die Panzerschiffe!

Zumbusch. Richtig!

Hollefaul. Sagt ichs nicht?

Feldmann. Wie? Hier in unsrer Bucht?

Edelkatt. Ganz nah am Land.
Schaut selbst. Da habt ihr sie!

Feldmann. Weiß Gott!

Tine. Sie liegen
Vor Anker?

Thomstorff. Möglich. 's ist nicht zu erkennen.

2 *

Edelkatt. Sie müssen in der Nacht gekommen sein.

Hartung. Ein stolz Geschwader!

Tine. Ist dies dort das Flaggschiff?

Edelkatt. Ja, wo die weiße Flagge des Admirals weht.

Hollefaul. Ich wünscht, die Sonn erschiene. Mir ist kalt.
Frühaufstehn taugt nicht mehr für alte Knochen.

Feldmann. Wer eure Rüstigkeit nur hätt!

Hollefaul. Inspektor,
Was pinselt ihr?

Hartung. Mich dünkt, Frau Sonne
kommt.
Schon rötet sich des Himmels Saum.

Agnes. Herr Kriegsrat,
Sagt, was bedeutete das Schießen?

Hollefaul. Fräulein,
Nach schwimmenden Zielen schießen sie; auf
Booten
Versuchen sie zu landen an der Küste;
's sind Übungsfahrten, die die Mannschaft
stählen
Zum Sturm und für den Feind.

Edelkatt. Denkwürdig
Ist dies Gewässer.

Agnes. Wie?

Cavadrutt. Was meint ihr, Freund?

Edelkatt. Hier, auf der Höhe von Jaßmund, bekämpften
Im dänischen Kriege Preußens wenige Schiffe
Arcona, Nymphe, Coreley höchst rühmlich
Des Feindes Flotte; unsre, kaum erbaut,
Empfing die Feuertaufe.

Thomstorff. Seht, die Sonne!

Hartung. In Purpurglut erhebt sie sich vom Meer,

Den grünen Wald, die weiße Felsenküste
Bestrahlend.

Agnes. Welch ein wundervoller Anblick!

Hollefaul. Was stößt dort 'ne Pinasse von dem Stein-
damm?

Thomstorff. Die Landungsstelle der norwegischen
Blockhäuser ists, die Friedrich Karl bewohnt.

Cavadrutt. Wer fährt wohl drin?

Edelkatt. Wär es der Prinz gar
selbst?

Hollefaul. Potz Blitz, ihr könnt Recht haben, Edelkatt!
Sie hält aufs Admiralschiff zu! Im Zug
Der Riemen fliegt das Boot dahin, als gälts
'ne Wettfahrt!

(Man sieht die deutsche Kriegsflagge setzen.)

Cavadrutt. Da! Seht doch! Sie hissen unsre
Kriegsflagge.

Agnes. Wie?

Hollefaul. Am Großtop!

Edelkatt. Seht ihr nicht
Das schwarz-weiß-rot im Sonnenlichte funkeln?
Den zornigen Adler der kreisrunden Mitte
Im Winde prächtig flattern?

Hartung. Zieht den Hut,
Gefährten! Diese Farben sah der Erdball,
Wie einst den roten Aar Kurbrandenburgs,
Als mächtigen Schutz der neuerworbnen
Küsten!

Thomstorff. Wer wagt 'nen Angriff, wenn die Heimat
stark?

Zumbusch. So walte Gott, daß niemals fremder Fuß

Den Strand des teuren Baltenmeers entehre,
Das Goten und Burgunder einstens trug.

Hollefaul. Ja, ihr habt nicht mehr unsre Schmach ge-
kannt,
Des Volkes Ohnmacht und Zerschlagenheit
Und kleinen Sinn, das Grab der Thatenlust,
Wie wir, das zähe Kampfgeschlecht der Alten!
Nichtswürdige Habsucht raubte unsre Lande,
Bis spät der Bruderstämme Einigkeit
Den argen Feind zerriß.

(Geschützdonner.)

Cavadrutt. Hört doch, sie schießen!

Agnes. Was soll das?

Hollefaul. 's ist der donnernde Willkomm
für seine Hoheit Friedrich Karl.

Feldmann. Meint ihr?

Edelkatt. Der Gruß dünkt mich verdient!

Hollefaul. Ein Hoch dem Sieger
Von Vionville, Gravelotte und von le Mans!

Edelkatt. Der Düppel stürmte!

Hartung. Metz zurückgewann!

Agnes. Schon legt er an!

Zumbusch. Da drüben wirds lebendig!

Hartung. Es scheint, sie steigen dort das Fallreep nieder.

Thomstorff. Auch kommen Boote, schmuck und wohlbe-
mannt,
Vom letzten Fahrzeug übers Wasser her.

Cavadrutt. Das Schauspiel ist fürs erste aus. Die Bänke
hier, zwar wurmstichig, laden doch zum
Sitzen;
Ei, warten wir der Dinge, die da kommen.

Hollefaul.	Ich denk, ich mach ein bischen mir Be=
	wegung.
Tine.	Gehn wir zum Hingst hinüber!
Hollefaul.	Wie ihr wollt.
Edelkatt.	Ihr kennt den schönen Pfad, tief in der
	Waldschlucht
	Des Lenscher Baches, der vom Schloßberg
	kommt,
	Zum Strand hinab?
Hollefaul.	Den, dächt ich, wählen wir.
Cavadrutt.	Kehrt bald zurück!
Hollefaul.	In einer kleinen Weile!

(Hollefaul, Tine, Edelkatt ab.)

Agnes.	Wie, Herr Landrichter? Hab ich recht gehört?
	Es heißt, das Fischerfest sei angekündigt?
Thomstorff.	So ists, mein gnädiges Fräulein.
Agnes.	Ward der Ort
	Bereits bestimmt?
Thomstorff.	An den Wissower Klinken
	Denkt man das Fest zu feiern, in dem Laub=
	wald,
	Der sich vom düstren Tannicht der Waldhalle
	Zur See zieht; hier erschließt sich eine
	Lichtung,
	Belegt vom Teppich dunkelgrünen Rasens;
	Für Schmaus, Spiel, Tanz ein Festplatz unter
	den Buchen,
	Nah bei der Küste weißem Felsgezack.
Agnes.	Der Platz ist schön; ich kenn ihn.
Thomstorff.	Licht und heiter.
Cavadrutt.	Ich bin begierig, was die Fischer bringen.

Zumbusch. Ich nicht.

Hartung.   Paßt auf: Glücksbuden allerhand,
Ein Zelt, drin lauter Sehenswürdigkeiten
Als wie: die Wurzel alles Übels oder
Gar die ägyptische Finsternis, erzeugt
Durch eine dunkle Düte hinterm Guckloch,
Und derlei mehr.

Feldmann.   Ach, geht. Ihr treibt ja Possen.

Cavadrutt. Saht ihr den niedlichen Gast schon, Herr Forst-
                                        meister?
Wie stehts? Wollt ihr noch immer Wittwer
                                        bleiben?

Zumbusch. Wen?

Cavadrutt.   Ei, ihr fragt noch? Nun, das Töchterchen
Des Offiziers.

Thomstorff.   Der jüngst im Gasthof eintraf?

Cavadrutt. Und nach dem Landhaus hoch am Wald
                                        hinaufzog;
Schon recht.

Agnes.   Sie ist ganz Anmut und Bewegung;
Ich sah kein schönres Kind.

Zumbusch.   Das mag wohl sein.
Indes, was hilft das mir? Sie ist nicht flügge
Und fragt wohl eher einer Puppenstube
Als einem Mannsbild nach.

Hartung.   Wie geht das zu?
Dies große Mädchen

Zumbusch.   Spielt, durchjagt den Garten
Mit einer Schar von Kindern, ohne Scheu,
Und meidet die Gesellschaft unsrer Jugend.

Thomstorff. Gar seltsam.

Hartung.   Eine Laune der Natur.

Zumbusch. Erklärlich wärs, wenn man den Alten kännte.
Einsiedlerisch, ein arg verschloßner Kauz
Scheint der. Er macht sich niemandem bekannt.
Nicht eine Nacht blieb er im Gasthaus, die
Entlegenste der Villen unterm Fahrnberg,
Im Grün versteckt, still, menschenleer,
                                    nur ein
Dorfpastor haust im kahlen Erdgeschoß, —
Nahm er zur Wohnung.
Cavadrutt.   Wunderlicher Heiliger!
Zumbusch. Der mag die Ruschel-Puschel gut verziehn!
Hartung. Ich nähm mir einen Unband nie zur Frau!
Agnes. Einen Unband, Bruder? Wie, wenn du dich
                                          täuschtest?
Zumbusch. Was meint ihr damit, liebes Fräulein?
Agnes.   Ei,
Wenn in dem übermütig wilden Kinde
Doch eine zarte Seele schlummerte?
Zumbusch. Nein; 's ist unmöglich.
Agnes.   Ei, das will ich sehn.
Hartung. Da kommen schon die drei zurück vom Grunde.

(Bollefanl. Tine. Edelkatt treten auf; von der andern Seite Ribbentrop
und zwei andere Seeoffiziere.)

Cavadrutt. Nun, Weibchen, war dir auch recht bang
                                         nach mir?
Tine. O nein.
Cavadrutt.   Geh mir, du Schelm!
Edelkatt.   Es nahm sich Tritte.
Thomstorff. Ach, ein paar Seeoffiziere!
Zumbusch.   Nun, die fallen
Dem Kriegsrat ohne Rettung in die Hände.
Er spricht sie an.

Hollefaul. Verzeiht, Herr Kapitän!

Zumbusch. Ich wußt es.

Ribbentrop. Herr, zu dienen?

Hollefaul. Ei, ihr könnt
Gewiß mir sagen, ob die Panzerschiffe
Hier einige Zeit verweilen?

Ribbentrop. Ja, das thun sie.
Prinz Friedrich Karl besichtigt das Ge-
schwader,
Das her zu längrem Aufenthalt beordert.

Hollefaul. So, so. Man bleibt gar übers Fischerfest?
Ihr saht vielleicht den Anschlag.

Ribbentrop. Wir sind willens.
Verraten darf ich euch sogar: der Prinz
Hat gern, wenn viel Matrosen Anteil nehmen,
Weil dies ein Volksfest sei für alle Stände;
Urlaub erhält die Mannschaft drum, so
wünscht ers.

Hollefaul. Wir sehn die Herrn als Gäste auf dem Fest?

Ribbentrop. Wir sind so frei. Doch was mich selbst
betrifft:
Mich wird ein Kamerad in Anspruch nehmen,
Den ich hier aufsuch. Drum entschuldigt mich.

Hollefaul. Wollt ihr, Herr Kapitän, die Gegend nicht
Abstreifen? 's lohnt sich.

Ribbentrop. Nach dem Herthasee
Dacht ich zu wandern; 's ist nach Stubben-
kammer
Von dort ein Katzensprung.

Hollefaul. Da thut ihr Recht;
Ihr dürft den See um keinen Preis ver-
säumen.

Doch, darf ich raten euch, erwählt den Freitag,
Den Abend, zum Besuch, die Nacht ist
Vollmond
Da zeigt sich Freitags stets ein seltsam
Schauspiel.

Ribbentrop. Ich bin euch sehr verbunden.

Hollefaul. Keine Ursach.

(Ribbentrop und die zwei Seeoffiziere ab.)

Zumbusch. Hört. Nächsten Freitag seid mir all zur Stelle.
Die saubren Geister gilt es aufzustöbern,
Die dort ihr Wesen treiben. Dies Geheimnis
Bring ich, wies sei, heraus, sonst heißt
mich Matz.

Thomstorff. Ihr seid sehr sicher.

Agnes. Ei, ei, Herr Forstmeister!
Ich lach, kehrt ihr mit langer Nase heim.

Cavadrutt. Zeigt sich der Spuk, wir werden ihn ent-
larven!

Hartung. Gemach, Herr Doktor!

Hollefaul. Nun, ich bin begierig.

Edelkatt. Freitags am See! Dort wird wohl offenbar,
Ob dieses Märchen jemals wirklich war.

(Alle, mit Ausnahme Edelkatts, ab. Kunz Fiedelbogen aus dem Gebüsch.)

Kunz. Pst, pst!

Edelkatt. Wer ruft?

Kunz. Ich bins!

Edelkatt. Kommst du endlich, Kunz!

Kunz. Alle Henker, konnt ich euch eher allein finden?
Ich schleich schon eine hübsche Weile hier im Gebüsch herum!

Edelkatt. Kunz, du lieber alter Kerl, ich hab einen Auftrag für dich, einen höchst wichtigen Auftrag.

Kunz. Den laßt nur hören.

Edelkatt. Kunz, nein; erst muß ich dir was sagen, was mir das Herz preßt. Hör, Kunz, aber lach nicht, du verdrehter Kauz: Kunz, ich bin krank, bin verliebt; nenns, wie du willst.

Kunz. Verliebt —! Ach, Jesus! Verliebt! Bester junger Herr, das wievielste Mädchen ist es? Wollt ihr mich etwa zu den andern schicken, daß ich tröste? Da brauch ich sicher ein Jahr, eh ich herum bin.

Edelkatt. Kunz! Mach mich nicht toll! Was sind die andern gegen sie? Puppen, steif und langweilig, gefallsüchtig oder ungezogen, ohne Feuer, ohne Liebreiz, ohne Seele!

Kunz. Nichts, gar nichts! Versteht sich! Hohle, armselige Bälge!

Edelkatt. Kunz! Der Teufel soll dich holen! — Sie ist ein herziges Kind!

Kunz. Wer ists denn?

Edelkatt. Eines Obersten Tochter. Ich weiß noch nichts weiter.

Kunz. Und wohnt?

Edelkatt. Das sollst du eben herausbringen. Höre Kunz: ich will sie dir beschreiben und du mußt sie mir auskundschaften.

Kunz. Eine verwetterte Arbeit!

Edelkatt. Wozu bist du ein halber Zigeuner? Wenn ihr Musikanten durchs Dorf zieht und spielt und umfragt, werdet ihrs schon ausspüren. Gieb deinen Gefährten ein paar Groschen von mir, hörst du? Hier hast du was. Nun paß auf.

Kunz. Nur zu, Herr.

Edelkatt. Sie ist nicht eben groß; schlank und an-

mutig von Gestalt. Das Antlitz hat eine prächtige Farbe;
die Gesundheit lacht ihr recht aus den Augen. Das Haar
blond, hellblond; zum Zopf geflochten.

Kunz. Wie war das Äußere? Hut und Kleidung? Da-
rauf ist viel zu geben!

Edelkatt. Der Hut? Ein dunkler Strohhut, wenn mir
recht ist, mit Band und weißen Tausendschönchen. Sie trug
eine leichte Bluse, rötlich-weiß, und das bräunliche Kleid
ließ die zierlichen Knöchel frei. Ist das genug?

Kunz. Hm, hm! Das werd ich mir merken. Beim
heiligen Niklas, ich wills ausspüren!

Edelkatt. Thus und dann bring mir geschwinde Nachricht.

Kunz. Soll ich gleich fort?

Edelkatt. Wart noch. Weißt du was, Kunz? Wir wollen
ihr ein Ständchen bringen!

Kunz. Jemine, wir haben sie ja noch gar nicht!

Edelkatt. Wir werden sie schon ausfindig machen! Wie
soll ich ihr meine Liebe erklären, wenn ich sie nicht
sprechen kann?

Kunz. Durch Musik, Herr; freilich! Auf meine schwarz-
haarigen Kerls rechnet und auf meine alte Geige! Wozu
hieß ich Kunz Fiedelbogen! Zwar, die Abende sind höllisch
kühl hier zu Land, es läuft einem ordentlich eine Gänse-
haut über den Rücken; da lob ich mir mein Böhmen!

Edelkatt. Deine Heimat hat kein Meer und kein Mädchen wie dies.

Kunz. Wer weiß! – Aber wolln wir zur Nacht das
Konzert geben?

Edelkatt. Die Dämmerung muß vorbei sein.

Kunz. Wenn wir nur Zutritt finden!

Edelkatt. Zutritt? Geht ihr Fenster nach einer Dorfgasse hinaus, so nehmen wir Straßenrecht in Anspruch; wohnt sie in einem Garten, gut, so klettern wir über den Zaun. Und sollt etwa der Feldgendarm

Kunz. Keine Sorge! Der lahmt auf einem Bein! Eh der heranhumpelt, sind wir längst davon!

Edelkatt. Desto besser. Such mir ein paar reizende Stücklein heraus, ja, Kunz? Und sprich mit deinen Gefährten! Daß sie mir alles aus Werk setzen! Es soll ihr Schade nicht sein.

Kunz. O wir sind gar nicht zaghaft, Herr; wir wissen schon, unsern Beutel zu spicken! Beim heiligen Nicklas, ist das Fräulein so heißer Liebe wert, topp, sie verdient, euer Bräutchen zu werden!

Edelkatt. Beim Himmel, das soll sie auch!

Kunz. Nun, dann will ich auf eurer Hochzeit aufspielen, daß dem Pfarrer das Herz im Leibe wackelt; bei der Kindtaufe will ich mir einen rechten Rausch trinken, und wenns Büblein heranwächst, will ich ihm Unterricht geben im fiedeln, daß es eine Lust ist!

Edelkatt. Geh mir, du Allerweltskerl! Was sind das für lose Reden?

Kunz. Herr, wofür bin ich ein ehrsamer Fiedelmusikant? Aus dir wird doch nichts, pflegte meine selige Großmutter zu sagen; es war eine gute Frau, aber

Edelkatt. Himmeldonnerwetter, Kunz! Mach dich auf die Strümpfe; eh der Tag vorbei, muß ich deine Botschaft haben!

Kunz. Adjes, lieber junger Herr! (ab.)

Edelkatt. Lauf, Kunz, lauf! O daß ich die Gedanken als Boten meiner Liebe senden könnte!

Zweite Scene.

Strandweg am Fuße der Kreidefelsen.

Von Torgany und Ribbentrop treten auf, im Gespräch;
Gitta, einen Strauß Feldblumen windend.

Ribbentrop. Es wird einsam, mein Junge. Die letzten
Spaziergänger sind dahinten.

v. Torgany. So mag ich's! Sie holen uns schon ein. Ge=
fällt dir der Weg?

Ribbentrop. Versteht sich: eingeengt von Klippen und
Meer! Deinem Mädel und mir behagt es fast besser auf
der Dorfflur droben: wo gäb es roten Mohn und Korn=
raden hier im Kreideboden? Was, Gitta?

Gitta. Freilich, Ohm!

Ribbentrop. Siehst du wohl? Das wußt ich. Wir ver=
stehn uns schon, gelt, Kind?

Gitta. Ei ja, Oheim; aber hör, willst du nicht meinen
Strauß geschenkt haben? Zwar, es sie nur Feldblumen;
aber doch hübsche drunter. Sieh nur!

(Sie eilt davon.)

Ribbentrop. Warte, du Schelmin! Weil sie sich tum=
meln will, muß ich alter Kerl ihren Strauß nehmen. Die
kleine Hexe!

v. Torgany. Gitta, willst du wohl hören?

Ribbentrop. Laß sie nur, den Sausewind; sie ist zu flink
für dein Rufen.

v. Torgany. Ich will sie schon schelten, wenn sie zurück=
kommt.

Ribbentrop. Nicht doch, nicht doch! So was mag ich
grad leiden. Freu dich vielmehr, daß du das Mädel hast!

Sie hat ein prächtiges Wesen; man sieht ihr die Lust an der Welt aus den Augen leuchten.

v. Torgany. Findest du? *(drückt ihm die Hand).* Lieber alter Freund!

Sie setzen sich auf Steine am Strande.)

Ribbentrop. 's ist lang her, mein Junge, daß wir zwei auseinander. Inzwischen hat uns manch herber Schlag getroffen; Gott hab deine traute Hausfrau selig! Aber ich denk: wir bleiben die Alten, in guten wie in bösen Tagen.

v. Torgany. Dank dir, Ribbentrop, dank dir. Aber sag: ist nicht Gitta ihr Ebenbild, wie sie war, als ich junger Offizier sie umwarb? So frisch und harmlos; so toll und doch so herzensgut?

Ribbentrop. Ja wahrhaftig, mein Junge! Und schön, das hast du vergessen!

v. Torgany. Ich will dankbar sein, Freund. Was wär ich jetzt ohne mein Mädchen und seinen glücklichen Frohsinn! Ein verkümmerter, einsamer Wittwer, den selbst die Natur nicht aufheiterte. So hab ich ein Geschöpf, das ich versorgen kann und hüten vor allem Niedren.

Ribbentrop. Wo ist sie denn geblieben?

v. Torgany. Dort unten! Siehst du sie nicht bei den Kindern am Strande? Sie hilft ihnen wohl Burgen aus Steinen zu bauen, Gräben zu ziehen und das Seewasser hindurchzuleiten. Das vergnügt sie nun, da ist sie mit hellem Eifer dabei.

Ribbentrop. Nun sag einmal, alter Bursche, wie dächtest du über einen Ausflug? Ich möcht, so sehr unsereinen dies grüne Waldnest anheimelt, doch nicht all die Tage an einem Orte stillliegen.

v. Torgany. Versteht sich.

Ribbentrop. Nun eben! Und so mein ich: wir suchten

einmal den Herthasee auf; die Spätnachmittage sind gut dazu. Auf Stubbenkammer speisten wir zu Abend und führen
dann heim in der Kühle der Nacht.

v. Torgany. Bin von Herzen gern dabei.

Ribbentrop. Abgemacht also! Mir ward der Freitag em-
pfohlen; es gäb da was Besondres zu schaun.

v. Torgany. Daß ich nicht wüßte.

Ribbentrop. Gleichviel; wenn wir nur Mondschein haben!
Die Waldnacht ist düster sonst.

v. Torgany. Warum sollten wir nicht? Der Himmel ist
heiter in diesen Julitagen.

Ribbentrop. Wolln wir uns nicht nach deinem Mädel
umsehn? Komm!

(Indem sie abgehn, kommt ein Weidmann von einem Höhensteige herunter,
ohne Flinte, in graubrauner kurzer Joppe, rundem Jagdhut mit Stutz, in der Hand
einen Harzer Stock mit scharf gebogner Krücke, aus einer leichten Zigarrenpfeife aus
Weichselrohr rauchend.)

Der Weidmann. Ringsum Stille! (erblickt eine am Wege stehende
Bank.) Sieh da: ein Plätzchen, wie für mich geschaffen an
so lauschigem Abend! Frische, freie Meeresluft ins Antlitz und hoch von droben her der Duft des Laubwalds. So
lieb ichs! Ruhn wir ein bischen aus, nach dem langen
Umherschlendern. - (setzt sich.) Gott verdamm mich! Welch ein
Kauz will mich da stören?!

(Schlichtegroll tritt auf.)

Pfarrer. Schön guten Abend! (verschnauft sich) H, h! Ists
erlaubt, Platz zu nehmen?

Weidmann (griesgrämig). Warum nicht? (dampft ihn an) P!

Pfarrer (schüttelt sich). Haha, ein vortrefflicher Sitz! Wenn
'ne tüchtige Brise einem ins Gesicht bläst! - - Was?

Weidmann (stößt den Rauch aus). P!

Pfarrer. Man liebts Pfeischen, gelt? (breit) Hähä!

Weidmann (dampft stärker). P!

Pfarrer. Könnt mir am End auch mit ein paar Zügen gütlich thun! Sackerlot, wo hab ich doch mein Täschel? Ach, lieber Herr

Weidmann (thut so, als hör er nichts) P!

Pfarrer. Findet ihr nicht auch, die Leut hier sind recht aufs Maul gefallen?

Weidmann (barsch) So? Ihr wollt wohl Feuer!

Pfarrer. Ja, versteht sich. Dank auch sehr!

Weidmann. Hört, ihr seid aus einer verflucht groben Gegend!

Pfarrer. Wie mans nimmt! Wir Märker stehn kaum in dem Rufe.

Weidmann. Ihr seid also nicht von der Wasserkante! Welcher Vorwitz treibt euch denn, Schwerebrett, an die See?

Pfarrer. Ihr könnt schnurrig fragen! Glaubt ihr, mich ärgerts, in unsres Herrgotts schöner Natur zu lustwandeln? Er läßt freilich seine Sonne scheinen über Gerechte und Ungerechte!

Weidmann. Bin wohl an einen Pfarrer geraten, he?

Pfarrer. Könntet so Unrecht nicht haben.

Weidmann. Na, an so altem Holze wie mir giebts nichts zu verschneiden.

Pfarrer. Ich möchts bezweifeln.

Weidmann. Möchtet ihr! Zum Kuckuck: ihr müßt wissen, daß ich insgesammt die Schwarzröcke nicht ausstehn kann.

Pfarrer. Ich frag den Henker darnach!

Weidmann. Wollt ihr mich etwa von meiner Bank vertreiben? Mich, einen alten Forstmann und Haudegen? Himmeldonnerwetter!

Pfarrer. Wegen mir bleibt, wo der Pfeffer wächst! Ich laß mich in der Betrachtung schon nicht stören!

(Lange Pause.)

Weidmann (räuspert sich). Hm, hm!

Pfarrer (sieht ihn an).

Weidmann. Ein kühler Abend heut!

Pfarrer. Spürs auch. Schön ists hier zu Lande; ich neid euch den Wohnsitz.

Weidmann. Bin nicht dauernd am Ort, doch pirsch und angel ich des Sommers lieber hier als anderswo.

Pfarrer. Das verdenkt euch keiner!

Weidmann. Wart ihr denn schon einmal draußen im Boot auf See?

Pfarrer. Des öftern an Nachmittagen.

Weidmann. Ists nicht prächtig, wenn im Sonnenschein Saßnitz' weiße Felsen aus dem Meeresblau steigen, vom dunklen Walde gekrönt? Und fahrt beim Einbruch der Nacht: dann seht ihr viel hundert Lichter vom Dorfe hinunterleuchten zu euch in die Tiefe. Ja, unser schönes Eiland!

Pfarrer. Ich glaub es wohl!

Weidmann. Ihr seid vom Lande?

Pfarrer. Ich hab eine Dorfpfarre hinten in der Priegnitz.

Weidmann. Dankt eurem Schöpfer, daß er euch vor dem Getös und Rauch und Hasten des Stadtverkehrs bewahrt hat.

Pfarrer. Bin nie hineingeraten in solch schlimmen Hexenkessel.

Weidmann. Nun, dann ermeßt ihr kaum, wies dem hier zu Mut wird, der drin eingepfercht war.

Pfarrer. Kann mirs denken.

Weidmann. Er gesundet und lebt wieder auf, sag ich euch, er windet sich heraus aus Staub und Kleinkram, guckt mit klaren Augen in die Gotteswelt, atmet verjüngt und genießt seine Freiheit und sagt sich im Herzen: wie schön ist doch die Erde!

3 *

Pfarrer. Freilich: die Menschen hinter den Mauern kennen die Welt zu wenig.

Weidmann. Stubenhocker sind sie, ausgedörrte Verstandes= seelen, stumpf und voll dicken Blutes.

Pfarrer. Aber ihr selbst habt als Forstmann draußen gehaust?

Weidmann. Ich hatt ein Amt in der Großstadt, seht ihr wohl.

Pfarrer. Das behagt euch schlecht?

Weidmann. Gar sehr! Mich widerten die hohlen Tröpfe dort an, hoch und niedrig, voll armseliger Redensarten; ab= geschliffen alle und ähnlich einander zum Verwechseln. Gott behüt uns vor Regen und Wind und vor Gesellen, die langweilig sind!

Pfarrer. Schmäht ihr das glänzende Treiben unsrer Hauptstädte?

Weidmann. Damit geht mir nur! Ich sag euch, selbst des Hofes Prunk ist erbärmlich gegen die Waldfreiheit. Der heilkundige Hirte, der wettererfahrne Schiffer unterm Sternen= himmel, der Jäger, der sich auf die Gewohnheiten des Ge= tiers versteht und seine Fährten kennt, folgt dem eignen Willen; der Mann fürstlichen Blutes nicht: den bindet sein Stand; Beruf, Braut und Umgang erwählen ihm andre; und Formenzwang drückt ihn.

Pfarrer. Was ihr sagt! Und die Prinzen, von denen die Geschichten erzählen

Weidmann. Sind erdichtet! Das glaubt mir nur.

Pfarrer. Woher, Sapperment, wißt ihr eigentlich das alles?

Weidmann. Setzt den Fall, ich sei im Dienst bei solch einem hohen Herrn gewesen.

Pfarrer. Setzt den Fall! Was fang ich damit an? Ei, ihr wollt mir Wind vormachen!

Weidmann. Behüte! Wie werd ich! Mir war wohl, wenn ich im Frühjahr im Garten mich erging, Bäumchen pflanzt und die jungen Eichenschößlinge beschnitt; aber krank macht es mich, wenn ich im Spätwinter das Tafelgepränge sehn mußte; Dienerschaft in Gala, zierliche Höflinge und geputzte Weibsleute.

Pfarrer. Kanns verstehn! In geschmiegelter Gesellschaft friert unsereinem das Herz zu; da bringts vor Verständigkeit keiner zu einem kräftigen Wörtlein. Frei von der Leber weg, so rühm ich den Biedermann.

Weidmann. Nun, ihr trefft hier wohl auf manche, die gleich euch denken. Kennt ihr Land und Leute?

Pfarrer. Nur eben obenhin; aber doch genug, um zu sagen: ich fühl mich gar wohl auf der grünen Insel.

Weidmann. Das macht der Sommer am Meer; kaum stimmt jeder neue Frühling unsereinen so seelenvergnügt.

Pfarrer. Ja wahrlich; auch ich weiß mir nichts Schöneres als die Zeit, wann sich der Wald mit frischem Blattgrün bedeckt hat, wann köstlich duftend Flieder und Faulbaum blüht, der Kirsch- und Apfelbaum, die Eberesche und die breitschattende Kastanie schneeig prangen und Garten und Wiese lacht: dann geht die Luft so würzig und der volle Schlag der Nachtigall tönt im Gehölz von der Abendkühle bis zum Morgengrauen, zum Preise des Schöpfers.

Weidmann. Euch gefiel es in meinem Heim: ein guter Schluck und ein derbes Stückchen im Kreise froher Zecher würden euch munden.

Pfarrer. Wo liegt denn euer Forsthaus?

Weidmann. Unweit der Havelseen; von Potsdam braucht ihr zu Fuß nur ein paar Stunden.

Pfarrer. Und was führt euch eigentlich hierher?

Weidmann. Je nun! Ihr müßt wissen: ein Auftrag!

Pfarrer. So, ein Auftrag. Warum auch nicht! (steht auf) Nun, lieber Herr, ich laß mich hängen, wenn ihr ein bloßer Förster seid!

Weidmann. Was glaubt ihr denn?

Pfarrer. Nennt doch euren Namen, Landsmann!

Weidmann. Potz Kuckuck! Traut ihr mir nicht, ihr Allerweltsspürer: ei, so bringt heraus, wer ich sei! Es wird euch schon sauer werden!

Pfarrer. Da irrt ihr euch gewaltig! Mich denkt ihr hinters Licht zu führen? Hahaha!

Weidmann. Lacht nicht zu früh! Gilt die Wette?

Pfarrer. Ich bins zufrieden!

Weidmann. Sie wird euch noch reun!

Pfarrer. Und die Frist — ?

Weidmann. 's ist nächstdem Fischerfest im Ort; der Abend paßt zu einem Stelldichein. Ihr kennt den Utkiek?

Pfarrer. Die Sicht vom Felsen, wo der Weg ins Dorf hinaufführt?

Weidmann. Ganz recht. Das Gemäuer birgt eine Wirtschaft —

Pfarrer. Mit einer kleinen Laube nach der See zu.

Weidmann. Dort gewinn ich das Spiel!

Pfarrer. Ihr verliert es!

Weidmann. Element! Ihr bringts nicht heraus!

Pfarrer. Ich bring es heraus!

Weidmann. Das wollen wir abwarten! Was? Ein ergrauter Jäger sollt. einem alten Fuchse nicht eine Falle legen können?

(Indem der Pfarrer abgeht, fällt der Vorhang.)

Dritter Aufzug.

Erste Scene.

Wald und Gartenanlagen unterm Fahrnberg.
Rechts im Hintergrund ein Landhaus.

Kunz Fiedelbogen (tritt auf). Lauf der Teufel hier herum und stöber hübsche Mädel auf! Ich habs satt. Wenn mir nicht der Zufall eine ins Garn verstrickt: meine Spatzen= weisheit ist am Ende. Indes, beim heiligen Nicklas! Ich will mich doch noch hier unweit des Gasthofs ein wenig umtreiben; man bekommt leicht allerhand zu Ohren. Holla, was sind das für Herrschaften?

(Er verbirgt sich. Cavadrutt, Zumbusch, Thomstorff, Hartung, Feldmann, Hollefaul, Tine, Agnes treten auf.)

Thomstorff. Wie dächtet ihr von einer Überraschung
Zum Fest, für unsre Fischer?

Feldmann.   Hm!

Hollefaul.   Ihr meint:
Beisteuern sollten auch die Badegäste
      Uns gilt die Feier doch   zu dem Ver=
                                                                  gnügen,
Mit heitrer Gabe das Geschenk erwidernd?

Thomstorff. So mein ichs.

Agnes.   O, ein hübscher Einfall!

Cavadrutt.   Sagt nur:
Wie wär das auszuführen?

Zumbusch.   Einen Vorschlag!

Tine. Vielleicht ein lebend Bild?

Thomstorff.	Sieh, ein Gedanke.
Cavadrutt.	Was läg da näher als die eigne Vorwelt?
Hartung.	Laßt Nerthus Umfahrt halten, die Erdgöttin,
	Die mütterliche, in der Hand die Spindel;
	Des Flachsbaus Stifterin, in heiligem Wagen,
	Von weißen Kühn gezogen.
Hollefaul.	Gebt mir doch!
	Wo nähmt ihr eine würdige Alte her,
	Die dazu sich verstünd? Ihr wollt gar etwa
	Ein Fräulein in Altweiberröcke stecken?!
Hartung.	Nun, so wählt anders! Wie gefiel euch dies:
	Das Frühlingskind, die jugendliche Freia,
	Das Haupt umkränzt mit Ähren und Feldblumen,
	Giebt rings Gedeihn den ausgestreuten Saaten
	Und segnet alle Frucht zu reicher Ernte.
Thomstorff.	Getraut ihr euch, solch Bild zu stellen, Freund?
Hartung.	Warum nicht? Gebt mir nur ein schönes Mädchen.
Agnes.	Dafür wüßt ich wohl Rat.
Hartung.	Was meinst du, Schwester?
Agnes.	Wär dir die kleine Torganv nicht recht?
Hartung.	Dies Kind?
Agnes.	Was thäte das?
Hartung.	Nun, immerhin;
	Das Mädchen ist von reizender Gestalt.
Agnes.	Und ginge willig ein auf unsern Plan.
Thomstorff.	Der Vater würd es schwerlich ihr gestatten.
Hollefaul.	Den alten Griesgram hol die leidige Pest!
	Ich setz ihm zu, bis er das Kind herausgiebt.

Tine. Wie hübsch, käm dieser Aufzug doch zu stande!

Agnes. Ich nehms auf mich, die Kleine zu gewinnen.

Hollefaul. Die Rollen sind verteilt; hernach das Weitre
Läßt bei der Vesper sich bequem bereden.
Forstmeister, komm!

Feldmann. Beliebt euch Schach, Herr Doktor?

(Hollefaul, Zumbusch, Cavadrutt, Feldmann, Tine ab.)

Thomstorff. Nun sprecht, was fangen wir am Freitag an?
Gesteht, wir sind in einer schlimmen Klemme.

Agnes. Man argwöhnt kaum.

Hartung. Nur Mut! Nichts ist
verloren.

Thomstorff. Was wollt ihr thun?

Hartung. Ei, hinters Licht sie führen!

Agnes. Weiß Edelkatt denn Rat?

Hartung. Ich sprach ihn schon;
Wir müssen an dem Ausflug uns beteiligen.

Thomstorff. Wollt ihr den tollen Trug aufs neue wagen?

Hartung. Gewiß! Diesmal gilts unsern Ruf, ich denk
Ihn kühnlich zu behaupten.

Thomstorff. Und die Späher?

Hartung. Wir täuschen sie, indem wir selbst uns dreist
Zum Suchen seitwärts in die Büsche schlagen.

Thomstorff. Das nenn ich sehr gewagt!

Hartung. Wie ging es anders?

Agnes. Wär nur der Spielmann hier!

Kunz (richtet sich auf). Zu dienen, Fräulein?

Thomstorff. Was, Kunz?!

Hartung. Der Fiedler, im Gesträuch ver-
krochen,
Liegt auf dem Bauch und horcht die Leute aus!

Thomstorff. Sprich, närrischer Kauz, was treibst du da?

Kunz. Verzeiht!
Ich, gnädiger Herr, stand hier zuerst im
Grünen;
Da kamen Tritte, - flink in ein Versteck;
's ist meine Art, ich dacht mir just nichts
Böses.

Agnes. Wißt ihr schon, Kunz? Auflauern will
man uns
Und unser heimlich Konzertieren stören.

Kunz. Wer will das?

Agnes. Wer? Neugierige Badegäste,
Verschworen wider uns; Ungläubige,
Die jedem Spuk zu Leibe gehn.

Kunz. Verflixt!
Da heißt es: vorgesehn!

Agnes. Und was das Ärgste:
Der Feind sind unsre eigenen Bekannten.

Kunz. Bekannten? Jemine, wie schnurrig ist das!

Hartung. Nein, doch sehr widerwärtig! Aber, hör:
Wir zählen, Kunz, auf deine Pfiffigkeit.
Bei Spiel und Fiedelklang schwimmt unser
Boot
Freitags bei Vollmond auf dem See; ent-
deckt uns
Ein Sterblicher, so sind wir, Kunz, ge-
schieden,
Und, Fiedler, such dir andre Kunstgefährten!

Kunz. Gebt Acht, Herr; denen drehn wir eine Nase.

Agnes. Frisch, bring dein böhmisch Blut zu Ehren,
Kunz,
Und überlist die kecken Störenfriede!

43

Thomstorff. Wie denkt ihr denn den Anschlag zu voll-
ziehn?

Hartung. Kommt diesen Weg, ich will mich euch erklären.

(Hartung, Thomstorff, Agnes ab)

Kunz. So viel steht fest, bei St. Nicklas, daß hier von
einem jungen Fräulein die Rede war: reizend soll sie sein
und einen Griesgram von Vater haben. Wer das wohl
sein mag? Alle Henker, wenn ich hier auf der richtigen Spur
wäre! Halt, halt; was ist das da im Garten für ein
blitzsaubres blondes Ding mitten unter den spielenden Kindern? In schwarzem Strohhut und heller Bluse? Potz
tausend, die Beschreibung paßt aufs Haar! Ich habe sie,
ich habe sie!

(Der Pfarrer tritt auf.)

Ob sie wohl in dem verwitterten Gemäuer dort zu Haus
ist? Wetter, ich will den Alten auspochen, der da auf die
Thür zugeht. — — Ach lieber Herr, ihr könnt mir gewiß
sagen, ob hier in dem Landhaus ein Herr Oberst wohnt?
Pfarrer. Das kann ich euch ganz genau sagen, mein lieber
Mann: hier wohnt der Herr Oberst von Torgany.
Kunz. Allein?
Pfarrer. Ziemlich allein, das heißt, sozusagen, mit seiner
Tochter.
Kunz. Dank euch sehr, lieber Herr.
Pfarrer. Braucht keinen Kratzfuß zu machen, mein lieber
Mann. Ehrliche Auskunft ist umsonst unter biedern Christen-
menschen. (Geht ins Haus.)
Kunz. Du biedrer Christenmensch, wie wohl bekommt mir
Gottlosem deine Einfalt! Denn, laß sehn: das Land-
haus ist schmal; da gehn alle Fenster nach dem Garten
oder dem Walde. Welch ein herrlicher Platz das für unser

Ständchen ist! Herrjeh! Was thu ich nun? Ich lauf hur=
tig zum jungen Herrn, er soll einen artigen Bescheid kriegen;
und dann will ich meine schwarzen Kerls aufschwenzen.
Juchhe!

(ab. Abenddämmerung. Agnes und Gitta treten im Gespräch auf.)

Agnes. Jetzt sag mir offen, meine kleine Freundin:
Warum du dich so scheu uns Großen fernhältst
Und lieber all die wilden Spiele spielst?
Räuberprinzeß! Sieh nur, welch heiße Wangen!
Das will ein Mädchen sein von sechzehn Jahren,
Solch' arger Wildfang? Ei, wie rot du wirst!
Nun, kannst du dich verteidigen?

Gitta. Ich will lieber
Die Königin unter den Kindern sein,
Als letzte unter den erwachsnen Mädchen,
Die schon so klug sind, fein und gar so ernsthaft!
Zu allem müßt ich schweigen.

Agnes. Welch ein Unglück!

Gitta. Und spräch ich einmal so, wie mir zu Mut ist,
So würd ich ausgelacht.

Agnes. Du armes Mädchen!
Nein, ich seh selbst, da paßt du nicht zu ihnen;
Du fühltest dich bedrückt und überflüssig,
Weil ihre Händel nicht die deinen sind.
Was aber treibst du nur den langen Tag,
Wenn du nicht spielst, nicht mit dem Vater
ausgehst?
Oft läufst du in den Wald allein hinaus,
Ruhst in der Hängematte, in dem Moose;
Du sonderbares Kind, was thust du da?

Gitta (lächelnd). Was ich da thu? — Je nun, ich träum . . .
ist doch

Im Grün mein liebster Aufenthalt; da les ich
In meinem Lieblingsbuch, und niemand stört
mich.

Agnes. Was liest du denn?

Gitta. Ach, Märchen, alte Sagen,
Draus sich den Kindern schön erzählen läßt,
Wann ich nicht selbst Geschichten mir erfinde.

Agnes. Sieh an! Wie aber heißt dein Lieblingsbuch
Denn?

Gitta. Aus dem Leben eines Taugenichts,
Von Eichendorff. Das ist mein Heimatdichter.
O der erzählt so traut und wunderschön
Vom Wald und seinen tausend Heimlichkeiten!

Agnes. Ich kenn ihn wohl, du kleine Schlesierin,
Und eure Höhn und mächtigen Felsengründe,
Draus silbern eure Flüsse in die Tiefen
Zur Donau, Elb und Oder schäumend stürzen.
Doch hier ists schön auch; Inselland und Meer
Gefalln sie dir? Es wolln die rührigen Fischer
Ja bald uns Fremde durch ein Fest erfreun.
Wir wieder planen einen Scherz dafür,
Ein lebend Bild: der Frühlingsgöttin Umfahrt.
Möchtst du als Freia wohl im Bilde stehn?

Gitta. Ich?

Agnes. Freilich. Fürchtest du dich denn davor?

Gitta. Nein, Fräulein; doch ich bin zu ungeschickt.

Agnes. Ei, geh. Du bist mir ein beherztes Mädchen!

Gitta. Und wollt ich auch, ob es mir denn erlaubt wird?
Mein Vater ist gestreng hierbei.

Agnes. Das, Gitta,
Laß meine Sorge sein. Du findest,
Ich wette drauf, an diesem Spiel noch Freude.

Gitta. Stelln andre nicht die Göttin besser dar?
Warum gerad ich?

Agnes. Wir wissen niemand anders,
Schlank von Gestalt, mit lang goldblondem
Haar.
Du mußt dich fügen.

Gitta (schalkhaft). Muß ich?

Agnes. Kleine Unart,
Wer wird so eigensinnig sein?

Gitta. Nun ja,
So wills ichs thun, erfüllt sich mir die Bitte.

Agnes. Und das ist recht von meiner zagen Freundin.

Gitta. Es ist ganz dunkel fast, ich muß hinauf.
Mein Vater sucht mich sonst gewiß im Garten.

(Der aufgehende Mond wird sichtbar.)

Agnes. Sieh doch den roten Mond!

Gitta. Der Bösewicht
Stört mir den Schlaf, scheint er so hell ins
Zimmer.

Agnes. Gut Nacht und träume süß!

Gitta. Dank, gute Nacht!

(Gitta geht in das Landhaus, Agnes ab. Nach einer Weile kommt
Edelkatt mit Kunz und den Musikanten.)

Edelkatt. Du traffst sie mit den Kindern spielend an,
Sagst du?

Kunz. Sagt ich dreimal.

Edelkatt. Das herzige Mädchen!
Wie gerne hätt ich sie dabei belauscht!
O Lahmheit, mich nicht schneller herzurufen!
Ist dies das Haus?

Kunz. Dies ists, Herr.

Edelkatt. Stockpechfinster
Die Fenster all. Doch schau, ein Licht blitzt auf!
Ob ihr Gemach es ist?

Kunz. Der Schein kommt näher;
Seht die Gestalt, die jetzt ins Fenster tritt!

Edelkatt. Still! Keinen Laut! Sie würde nur erschrecken,
Rief ich, ihr fremd, empor hier aus dem
Dunkel.
O holde Züge dieses Angesichts!
Die nächtige Kühle atme lang noch, Mäd=
chen! —
Schließt sich der Vorhang schon? Mißgünstige
Stunde!
Sie geht zur Ruh. Nun stimmt, ihr Musi=
kanten,
Ein zartes Lied mir an, als späten Gruß,
Eh sie entschlummert.

(Die Musikanten stimmen ihre Instrumente.)

Kunz. Zum Henker, welch greulich Quietschen! G, d, a,
e! Habt ihr die reine Stimmung, Kerls?

Die Musikanten. Jawohl.

Kunz. So kratzt mir die Läufe nicht! Säuselt lieber, ihr
Galgenstricke!

Edelkatt. Das Licht erlischt.

Kunz (setzt seine Geige an). Fangt an und hört auf mich.

Gesang und Spiel.

Edelkatt. Herzliebchen, gute Nacht!
Meerleuchten sahst du, gingst am Strand,
Nachtwind umflog die Felsenwand;
Er hat dich still und müd gemacht,
Nun Mädchen, gute Nacht.

Kunz. Der Vorhang bewegt sich!

Edelkatt. Huscht nicht jemand droben vorbei?

Kunz. Vielleicht lockt sie unser Spiel ans Fenster!

Edelkatt. Schlaf wohl, du wildes Kind!
Wie rot der Mond vom Himmel strahlt
Und Schatten wirft und Märchen malt:
Er quält dich nicht, du träumst nur lind,
Schlaf wohl, du wildes

(Ein Fenster des Erdgeschosses wird aufgerissen; der **Pfarrer**, eine Zipfelmütze
auf dem Kopf, in Tücher gehüllt, sieht wütend heraus.)

Pfarrer. Schwerenot!

Edelkatt. Die Stimme kenn ich. Wer ist das? So wahr
ich lebe: mein Pfarrer!

Pfarrer. Was ist das für ein verfluchtes Gefiedel da
unten!

Edelkatt. St! nur ruhig! Tritt der mir stets in den
Weg, wenn ich zu ihr will?

Pfarrer. Ruhig? Ich werd euch was! Einen ehrsamen
Christenmenschen aus dem ersten Schlafe zu stören! Werdet
ihr gleich aufhören!

Kunz. Wir denken nicht dran!

Pfarrer. So? Das wolln wir doch sehn! Scheert euch
fort, Lümmel!

Kunz. Wir sind keine Lümmel!

Pfarrer. Wer bist du denn, du piepsender Grünschnabel?
He? Soll ich dir aufs Dach steigen?

Kunz. Seht ihr nicht, ihr grober Klotz, daß wir ein
Ständchen bringen?

Pfarrer. Ein Ständchen? Daß euch die heisere Pest in
die Kehle führe! Hier Buhllieder zu plärren, unter den Ohren
eines gottseligen Pfarrers! Ihr Lumpenpack, wart! Euch
werd ich heimleuchten!

Kunz. Kommt nur herunter, wir reißen euch schon nicht aus!

Pfarrer. Christian, Christian! Wo steckt der vermaledeite Hausknecht? Christian, verschlafne Ratze, wach auf!

Kunz. Werdet ihr nicht solchen Lärm machen? Wollt ihr alle Nachbarn aus dem Schlafe schrein?

Pfarrer. Christian! Esel! Wach auf!

Edelkatt. Fiedelt, fiedelt, ihr Leute! Man soll ihn nicht hören!

Kunz. Ein wild böhmisches Tanzlied, bis er birst vor Ärger, der Eisenfresser!

Ein Musikant. Dem wollen wir aufspielen!

(Eine wilde Musik, durch die man das zornige Rufen des Pfarrers hört.)

Pfarrer (wirft das Fenster zu daß die Scheiben klirrend zerbrechen) Zur Hölle mit euch, Satansbrut!

(Der Oberst von Torgany erscheint mit einem Licht in der Hausthür.)

Edelkatt. St! Der Oberst!

Kunz. Verschwindet!

(Die Musik bricht jäh ab; Edelkatt, Kunz und die Musikanten bergen sich in den Schatten der Bäume. Eine tiefe Stille.)

v. Torgany. Holla! Was geht hier vor? (er schreitet den Platz vor dem Landhause ab) Niemand zu sehn, ringsum? Seltsam, — seltsam!

(Er geht in das Haus und verschließt von innen die Thür. Am obern Fenster wird Gitta im Nachtkleide hinter dem zur Seite geschlagnen Vorhange sichtbar. Aus der Ferne erklingt gedämpft die nämliche Weise)

Edelkatt (h. d. S.) Herzliebchen, gute Nacht!

Feldnebel quillt, der Abend wich;
Sei lieb, süß Herz, und hör auf mich.
Du hast den reichen Tag durchwacht:
Herzliebchen, gute Nacht!

Wachler, Unter den Buchen von Saßnitz.   4

Zweite Scene.

Dorfstraße. Links eine Schenke, mit einem offnen Vorbau.
Der Weidmann und Töffel, der Waldhüter, treten auf.

Weidmann (ruft in die Kulissen) Schickt nur den Wagen fort,
                  ich brauch ihn nicht.
Vielleicht fährt einer von den Herren. Töffel,
Mein alter Freund, merk auf, was ich jetzt
                  sage.
Laß auf den Abend all die zu mir bitten,
Die hier verzeichnet sind auf diesem Blatte.
Vergeßt auch nicht, Herrn Hartung, den
                  Bildhauer,
Und Leutnant Edelkatt zu Gast zu laden.
Wir wollen uns durch heitren Sang und
                  Spiel
Und durch sinnfesselndes Gespräch vergnügen.
Der Prinz, versteh, verreist vor
                  Mitternacht.
Du selbst bringst heimlich Büchse und Jagd-
                  tasche
Nebst einigem Mundvorrat zum Wald hinauf
Und eine Decke, mich drin einzuhüllen.
Die Luft ist warm, ich nächtige heut im
                  Freien
Und geh beim Morgengrauen auf den Anstand.

Töffel. Schön, gnädiger Herr.

Weidmann.   Schaff mir ein reichlich Frühstück
Zum Herthasee; in dessen Nähe bleib ich,
Bis andern Tags das Fischerfest vorüber.
Fragt wer in Saßnitz nach: der Prinz
                  ist fort.

Der Grund bekümmert niemanden. Noch eins:
Nimm auch die Angel mit; der See ist
fischreich;
Vielleicht, daß ich die Zeit mir so vertreibe.

(wendet sich zum Sohn   Der Pfarrer erscheint im Hintergrunde.)

Töffel. Wird alles besorgt.

Weidmann. Sieh doch, wer schlendert dort?
Täusch ich mich oder ists mein Widersacher?
Halt, welch ein Einfall! Diesem alten
Prahlhans
Spiel einen Streich ich; furchtsam sind die
Pfarrer.
Der Bär soll sein vorwitzig Brummen büßen!
List lockt den Biedern wohl zum Herthasee.
He, Töffel!

Töffel (zurückkommend). Herr?

Weidmann. Tritt hinter die Kastanie;
Man soll uns hier nicht sehen. Hör mich an:
Du nimmst Dir einen Haufen meiner Leute.
Windlichter in der Hand, begebt ihr euch
Zu jenem See hin unauffällig, morgen,
Und hinter Busch und Baum harrt im
Versteck.
Sinkt nun die Nacht, hörst du des Jagd=
horns Ton,
Aufblitz vom Waldgrund euer Fackelglanz;
Und gleich Gespenstern huschet hin und her,
Bis jäh dein leiser Zuruf alles endet.
Verstehst du mich?

Töffel. Gar wohl, mein gnädiger Herr.

Weidmann. Dann fort!

(Töffel ab, indes kommt der Pfarrer um eine Ecke herum)

Laß sehn, ob ich den Schwarzrock köbre!

(er wendet sich ab und thut, als iab er den Pfarrer nicht)

Pfarrer (schlägt ihm von hinten auf die Schulter) Haha! So in Be=
trachtung ganz versunken?

Weidmann. Schockschwerenot! Ei, ihr seids, alter Schwede?

Pfarrer. Derselbe, mit Verlaub.

Weidmann. Was führt euch her?

Pfarrer. Ein Amt. Denn wißt: ich schreibe hier
Komödien.

Weidmann. Seid ihr bei Trost, Herr Pfarrer?

Pfarrer. Ich wills meinen.
Ein Stück fürs Fischerfest. Ja, seht ihr wohl:
Dies kann ich und dazu noch manches andre.

Weidmann. Ihr habt wohl meinen Namen ausge=
schnüffelt?

Pfarrer. Wer weiß! Muß ichs euch auf die Nase
binden?

Weidmann. Ihr braucht nicht! Guckt nur in die Badeliste;
Drin muß ich stehn. Doch wofür nehmt
ihr mich?

Pfarrer. Hm! Für 'nen pommerschen Wachtmeister
etwa,
Nach eurem ungehobelten Benehmen.

Weidmann. Nun, das ist stark!

Pfarrer. Wie kämt ihr sonst dazu?

Weidmann. Warum faßt ihr so derb denn alles an?
An euch ging ein Soldat verloren, merkts euch!

Pfarrer. Grad wie an euch ein Prediger, was?

Weidmann. Gotts Donner!
Laßt mich ausreden!

Pfarrer. Ich will gar nichts hören!
Flucht lieber nicht so gräulich! Bessert
Euch, alter Sünder, hört ihr, bessert euch!

Weidmann. Bessert euch selber erst, ihr Höllenpastor!
Möcht nicht als Bauer in eurer Kirche
schwitzen!

Pfarrer. Ich als Rekrut nicht unter eurer Fuchtel!

Weidmann. Euch hat der Herrgott sicherlich im Zorn
Zum Pfarrer eingesetzt! Ihr macht mich
rasend!
Ihr wollt voll Demut ein Lamm Christi sein?
Ein alter Borstwisch seid ihr und ein Streit=
hahn!

Pfarrer. Ein Streithahn? Ja, ein rechter Gottesstreiter,
Sein Knecht, der nicht schwerenzelt und viel
fackelt,
Nein ausholt mit der Faust und mit dem
Worte,
Daß es gleich einschlägt!

Weidmann. Himmeldonnerwetter!
Seid ihr zu Ende?

Pfarrer. Allerdings, das bin ich.

Weidmann. Nun, würdiger Herr, ich wollt euch etwas
fragen.
Habt ihr wohl morgen Lust mit mir zu
angeln?

Pfarrer. Wollt euch auf offner See vor Anker legen?

Weidmann. Im Herthasee werf ich den Köder aus;
Kennt ihr die Gegend?

Pfarrer. Leidlich. Meiner Treu,
Der Vorschlag ist so übel nicht.

Weidmann. Nun, seht ihr!

Und wißt, der Sonnenuntergang vom Burg=
wall

Ist wundervoll; wie wärs, wenn wir uns
träfen?

Pfarrer. Gut.

Weidmann. Vor dem See steht eine mächtige Buche,
Breitwipflig, weit das Erdreich überschattend,
Ehrwürdigen Alters; seid Nachmittags dort.

Pfarrer. Mit dem Gerät find ich mich pünktlich ein.

Weidmann. Lebt wohl! (beiseite) Hab ich dich, alter Ise=
grim? (ab)

Pfarrer. Der Mann, ich glaub fast, will mich über=
listen.

Er lockt mich an, Nachspüren zu verhindern,
Stopft mir das Maul, daß ich nicht Um=
frag halte.

Nun, meinethalb! Verlier ich diese Wette,
Beiß mich das Mäuslein! Holla, wer
kommt da?

(Edelkatt tritt auf.)

Edelkatt. Ehrwürden, auf ein Wort!

Pfarrer. Der tolle Junker?
Wüßt nicht, was wir mitsamt zu schaffen
hätten!

Edelkatt. Herr, nichts für ungut! Trat ich euch zu nah,
Entschuldigts mit dem Ungestüm der Jugend!

Pfarrer. Sieh an, sieh an! Ja, das ist leicht gesagt. –
Was führt euch denn hierher? Hm?

Edelkatt. Eine Bitte.

Pfarrer. Zu mir? Haha! Da irrt ihr euch doch wohl.

Edelkatt. Herr Pfarrer, nein. Unmöglich scheints für
mich,

Weil jener Oberst, scheu und höchst verschlossen,
Vereinsamt haust und nur mit wenigen um-
geht,
Dem Fräulein, seiner Tochter, mich zu nähern.
Schlagt ihr mirs ab,   mit gleicher Münze
lohnend, —
Dem schönen Mädchen mich bekannt zu machen?

Pfarrer. Schlüg ichs euch ab, könnt ihr mich darob
schelten? —
Jedoch laß sehn, wie hoch das Kind euch gilt.
Falls ich euch Beistand leih, was bietet ihr?

Edelkatt. Verlangt, Herr, was ihr wollt.

Pfarrer.   Ich nehm beim
Wort euch!
Nicht viel ists, was ich heische: spielt beim
Waldfest
Mit unsern Fischern aus dem Dorf Komödie!

Edelkatt. Herr Pfarrer!

Pfarrer.   Nun? Sticht euch ein dummer
Dünkel?
Ihr seht mir wohl herab gar auf die Wackern?
Geht nur; schlagt euch das Mädchen aus dem
Sinn!

Edelkatt. Ich bin ein Landwirt, Herr; nach altem
Brauch
Trink ich aus einem Krug mit meinen Bauern.

Pfarrer. Ihr scheut die Mühe, gelt? Gesteht, so wenig
Ist euch das Mädchen wert! Pah, geht mir
doch!

Edelkatt. Gebt mir die Rolle nur; ich spiele sie.

Pfarrer. Ihr wolltet?

Edelkatt. Meine Hand drauf!

Pfarrer. Gut, ich trau
euch.

(zieht eins der zusammengerollten Papiere aus der Tasche)

Hier euer Teil. Für meinen laßt mich sorgen.

Edelkatt. Spracht ihr den Vater nicht? Was treibt das
Fräulein?

Pfarrer (mit geheimnisvollem Gesicht) Je nun! Potz Blitz,
wie euch die Neugier plagt! —
Seid auf der Hut; wißt, ihr habt Neben=
buhler:
Jüngst bracht ein Kerl dem Fräulein frech ein
Ständchen.
Denkt euch! Ja, ja, 's ist schon ein herzig
Ding!

Edelkatt. Das wußt ich längst; doch meine Laune
spottet
Euch solcher Nachricht. Lebt recht wohl, Herr
Pfarrer! (ab)

Pfarrer.. Ein schmucker Bursch! Voll Stolz, doch arg
verliebt;
Gar prächtig stellt dies Spiel ihn auf die Probe.

(setzt sich auf eine der Bänke, an den Tisch in der Veranda)

Schwer fällts ihm, dazu sich zu überwinden,
Doch seinen Starrsinn beugt die Leidenschaft.
Der hält sein Wort. Wie? Fänd sich nicht
ein Mittel,
Ihm auch zum Lohn das Mädchen zu ge=
winnen?

(Kruse mit einigen Fischern tritt auf und grüßt)

Schön guten Abend, Freund! Machts euch
bequem.

57

(Währenddem die Fischer sich unterhalten)

Laß sehn! Das Stück ist günstig. Sapperlot!
Ich habs! Zwar müßt ich erst den Vater
kirren.
Indes, wer traut nicht einem alten Pfarrer?

(Wings, Lorenzen, Borgwardt und mehrere andre Fischer kommen und
nehmen Platz auf den Bänken rings um den Tisch.)

Guten Abend, liebe Leute! Nehmt nur Platz.
Wie stehts? Schon all beisammen?

Kruse. Ja, so dächt ich.
Pfarrer. Sind alle Rollen fest schon eingeprägt?
Lorenzen. Die meine wüßt ich.
Wings. Und ich ebenfalls.
Pfarrer. Und eure, Burgemeister, Henning Kruse?
Kruse. Mein alter Schädel faßt gar langsam, Herr;
Indes, ich zwings hinein.
Pfarrer. So wolln wir das
Zusammenspiel beginnen, ists euch Recht.

(Lorenzen geht ins Haus.)

Kruse. Schon gut, Herr.
Pfarrer. Halt! Teilnehmer brauchen wir,
Zwar stumm, als Ratsherrn, Bürger und
Piraten.

(zu den andern Fischern)

Die stellt ihr vor; nicht schwer ists, sie zu spielen.

(Lorenzen kommt zurück)

Habt ihr den Wirt befragt? Wo kann man
proben?
Lorenzen. Der Garten, Herr, ist leer.
Pfarrer. Schön, in den Garten!

(Sie stehen auf, um nach dem Garten hinterm Hause zu gehn)

Wings.   Doch, Herr, wo kriegen wir die Brautleut her?
Pfarrer. Den Bräutigam, wißt ihr, Freund, den hab
                                                ich schon;
          Mit dessen Rede plagt sich keiner gern;
          Und eine rechte Braut, die werd ich schaffen!

(Sie gehen ins Haus.)

Vierter Aufzug.

Waldlandschaft des Herthasees. Vorn ein freier Platz mit einer mächtigen Buche. Spätnachmittag.

Ribbentrop, Gitta, hellgekleidet, und v. Torgany treten auf.

Ribbentrop. Der Steig biegt rechts: wir sind am Herthasee.

Gitta. Wie tief und düster!

v. Torgany. Todesstille rings;
Als läge hinter uns längst Stubbenkammer
Mit Krug, Kaufbuden und dem Schwarm
                              der Wandrer,
Als wären weltenferne wir vom Meer;
Wo nah doch schaumgekrönt die Ostsee braust
Und nah des Königsstuhles Felsgeklüft
Dem Drang von Wind und Wog entgegen-
                              starrt.

Gitta. Wie traut die grüne Waldnacht uns um-
                              fängt!
Kein Laut, kein Ton!

v. Torgany. Es rauscht kaum eine Ente,
Ein Taucher aus den Binsen hier hervor.
Kein Heerdenglöckchen klingt, weit sind die
                              Dörfer.
Das dunkle Moos lädt ein zur weichen Ruh
Und Farnkraut will die Büschel drüber
                              spreiten.

Gitta. Husch, ein Eichhörnchen!

Ribbentrop. Wo?

Gitta. Im Laub ver-
                              schwands;

Da ist es wieder! Dort am Eichenstamm!
Es horcht und zögert,   hui, den Ast
                                    hinauf!
Fort ists!

Ribbentrop.   Ja Kind, flink ist der Waldgesell;
Den fängst du nicht, wärst du noch so behende.
Doch magst du heut nicht bunte Blumen
                                    pflücken?
Reich ist der Hag.

Gitta.   Seerosen hätt ich gern;
Nur stehn sie weit vom Ufer.

v. Torgany.   He, wo bleibt ihr?
Lockt euch das Wasser nicht?

Ribbentrop.   Welch mächtiger
                                    Baum!

Gitta. Die Herthabuche?

v. Torgany.   Freilich.

Ribbentrop.   Riesiger Stamm,
Breitwurzelnd, von vier Männern nicht um-
                                    spannt!
Seht die uralten Knorren! Wie die Zweige
Nach allen Seiten schwer zur Erde sinken,
Vor Blätterfülle! O, ein Dach die Krone
Wies herrlicher kein Fürstenmahl beschirmte!

Gitta. Komm, Ohm; ein Steg läuft hier hinein
                                    ins Wasser!
Welch lauschiger Platz zum Angeln! Die
                                    Libellen
Greif ich fast mit der Hand.

v. Torgany.   Du Übermut!

Gitta. Woher nur rührt es, daß der See so schwarz?

v. Torgany. Sieh, dieses Sees unheimlich finstre Tiefe

Fülln Äste, Bäume, Blattwerk mit Ver-
          wesung;
Moor ist sein Grund, und seine Ränder hüllt
Des Uferdickichts Vorhang ganz in Schatten.
Doch fröhlich! Uns umspielt die Abendsonne,
Uns klingt aus der Waldwildnis her der
          Sang
Des Edelfinks und des Pirols im Wipfel,
Und alles blüht und duftet in den Gängen.

Ribbentrop. Weit ists von Saßnitz.

v. Torgany.   Heitre Badegäste
Sind oftmals doch mit Fraun und Mädchen
          hier,
Am See im Spiel den Abend hinzubringen.

Gitta. Sieh, Väterchen, dies reizende Versteck!

v. Torgany. Im hohlen Stamm, vom Haselstrauch be-
          schützt?

Ribbentrop. 's ist ein Schlupfwinkel, schön zum Unter-
          kriechen!
Ei, Mädchen, bist du krank?

v. Torgany.   Sie thut es nicht?

Ribbentrop. Nun, sag mir doch, was ist in dich gefahren,
Kind? Willst mit einem Mal du sittsam
          werden?
Fürwahr, ein lustiger Spaß! Die wilde
          Hummel,
Die heimlich jüngst durchs Fenster noch den
          Weg nahm,
Wär über Nacht zur Träumerin verwandelt?

Gitta. Laß, Ohm.

Ribbentrop.   Nun, nun! Nicht einmal necken
          darf man?

(Der Pfarrer tritt auf, mit Angelgerät.)

v. Torgany. Schaut nur, kommt dort nicht unser Haus-
genoß?

Pfarrer. Schön guten Tag!

v. Torgany. Was führt euch her, Herr
Pfarrer?

Pfarrer. Das ist mir wirklich lieb, daß ich euch treffe.

Ribbentrop. Was? Eine Angelrute trägt Ehrwürden?

Pfarrer. Ja seht, das giebt mitunter sich von selbst.
Ihr glaubt, das thäte meiner Würde Ab-
bruch?

Behüte, nein. Mein Vater, den Gott segne,
War schon ein Pfarrer recht von Schrot
und Korn,
Ging er auch mit der Jagdflint um wie
einer.
Manch Stück Liebhaberei erbt ich von ihm,
Das Angeln, wißt ihr, und das Krebse-
fangen.
Doch ihr habt einen schönen Platz erwählt.

v. Torgany. Es ist der einzige Durchblick auf den See.

Pfarrer. Ja, wundervoll ist dieser Buchenforst.

v. Torgany. Blickt auf: zu unsern Häupten diese Wölbung!

Pfarrer. Ist nicht der Wald das Haus des Himmels
selbst?
Quillt doch die Kraft, die göttliche, in ihm
Und baut die vielverwobnen Zelt und
Lauben! —
Doch ein Anliegen hab ich heut für euch.

v. Torgany. Sprecht unverhohlen.

Pfarrer. Bei dem Fischerfest
Soll sich ein kleines Schauspiel vor euch zeigen,

Doch fehlt ein junges Fräulein uns zum
                                    Schlußbild.
Erlaubt ihr eurer Tochter mitzuwirken?

v. Torgany. Sie ward bereits versagt.

Pfarrer.   Was schadet das?
Ich bürg dafür, daß sie nicht bloßgestellt;
Denn selber leit ich dieses Spiel, Herr Oberst.

v. Torgany. Nun, hast du Lust, Kind? Antwort unserm
                                    Freunde.

Gitta. Gern will ich euch behülflich sein, Herr
                                    Pfarrer.

Pfarrer. Ich dank euch. Ach, vergönnt mir eine
                                    Frage;
Meinen Gefährten habt ihr nicht gesehn:
Von Wuchs ansehnlich, breit, mit dunklem
                                    Vollbart?

v. Torgany. Nicht, daß ich wüßte.

Pfarrer.   Nun, er muß bald kommen.

Ribbentrop. Gehn wir am Rand des Sees entlang; es
                                    windet
Ein Pfad sich unterm Blätterdach dahin.

(Oberst. Ribbentrop. Gitta mit dem Pfarrer ab.
Der Waidmann tritt auf)

Weidmann. Dies ist der Platz. Und leer! Wie stehts,
                                    Ehrwürden
Bekam wohl Wind und will den Spaß ver=
                                    derben?
Halt, dort spaziert wer, den am Gang ich kenne.
(schwenkt den Arm) Hoho!

Pfarrer (zurückkommend).   Ja doch! Jetzt freilich könnt
                                    ihr rufen!
Wo stecktet ihr so lang?

Weidmann.　　　Gebt mir die Rechte;
Mich freuts fürwahr, euch aufgeräumt zu
　　　　　sehn.
Das wird ein prächtiger Abend heut im
　　　　　Walde.
Ihr fürchtet euch doch nicht?

Pfarrer.　　　　Seid ihr bei Trost?

Weidmann. Nun, wer kein Kriegsmann war, ist leicht
　　　　　ein Spießer.
(geheimnisvoll ins Ohr) Man munkelt, nicht ge=
heuer seis Nachts am See!

Pfarrer. Behüte Gott! Das bracht ein Pinsel auf!
Denkt ihr, ich ließe mich ins Bockshorn
　　　　　jagen?

Weidmann. Wer glaubt das? Ihr habt Haare auf den
　　　　　Zähnen
Und nehmts, wenns Not thut, mit dem
　　　　　Bösen auf!

Pfarrer. Wollt ihr mich foppen?

Weidmann.　　　　Ei, ich denk nicht dran.
Doch seht, die Sonn ist halb hinunter; flugs
Emporgestiegen zu der Herthaburg,
Daß wir das schöne Schauspiel nicht ver=
　　　　　säumen.

Pfarrer. Der alte Wall hier heißt die Herthaburg?

Weidmann. So ists. Man sieht von einer Rasenbank
Weit übers Meer hin nach Arkonas Klippe.
Kommt nur!

(Beide ab. Pause. Kunz Fiedelbogen kommt geschlichen.
Abenddämmerung.)

Kunz. Wetter, ich will hängen, wenn dieser Streich ge=
lingt! 's ist niemand ringsum am See außer den drein dort:

das ist günstig; aber was muß mir die Kleine heut in die
Quere kommen? Mein junger Herr verdirbt alles, wenn
er sie entdeckt. Die zwei muß ich zusammenbringen; aber,
bei St. Niklas, wie das anfangen? Zum Henker, will mir
auch gar nichts einfallen! O Kunz, achtbarer Spitzbuben=
sohn, du bist verkommen, deine Pfiffigkeit ist eingetrocknet;
bald könntest du mit einem Landpfarrer Brüderschaft trin=
ken! Pfui, Schande über mich! Nein, laß sehn; ich will
mich ermannen. Die Gesellschaft trifft ein, gut, und wird
sich auf die Suche machen. Nun hab ich erst mein Völk=
lein abgesondert, so will ich es schon unbemerkt ein= und
ausschiffen. Halt, so gehts! Das schöne Kind muß zum
jungen Herrn ins Boot; Herrn Hartungs Schwester mag
den Alten drum bitten. So trenn ich sie von dem; und
fürs Alleinsein nach der Fahrt will ich schon sorgen!

Holla, geht der Mond schon auf? Flink nach dem Baum=
versteck hinüber; 's wird Zeit, nach unsern Spielgeräten zu
sehn. Ob sie nicht bald kommen? (legt das Ohr auf die Erde) Horch!
Der Schall ferner Tritte! Das werden sie sein. Gerieben,
Kunz Fiedelbogen, gerieben! Heut gilts deine Ehre; ver=
lierst du sie, so mach dich aus dem Staube!

(Er verschwindet. Nach einer Weile treten Edelkatt und Hartung auf.)

Hartung. Sieh, schon am See! Doch wir sind weit
vorauf;
Laß uns hier stehn, die andern zu erwarten.

Edelkatt. O Freund, wie schön!

Hartung. Des Mondes goldnes Bild
Schwimmt auf der Flut, in tiefe Finsternis
Strahlt seine Pracht und weckt im kleinsten
Winkel
Im Riedgras, Busch und Baum den Waldes=
zauber.

Glühwürmchen hocken drunten am Geäst,
Aus dunklem Grund her funkelnd; seltsam,
kriecht
Das winzige Licht mit einem Mal von dannen.

Edelkatt.
Hartung.

Ehrwürdig ist der Boden.
Heilige Feste
Sah er vielleicht und manche Volksberatung.
Wer weiß, welch waffenkühner Mann hier
stand
Vor alters und des Schilfes Rauschen lauschte,
So wie jetzt wir. Das alles ist vergangen;
Der Wald nur grünt, das Meer braust wie
zuvor.

Edelkatt.

Und Freiheit ist ihr stolzer Atem, Freund!
Glaub mir, viel besser haust ein Mann da
draußen,
Die Bahn sich brechend durch ein fremdes
Land,
Als eingespannt in städtischen Geschäftszwang
Und widerlich umschwärmt vom Lärm der
Knechte.
Frohndienst im ausgetretnen Gleis des Alltags
Erdrückt ihn dort; Gesetz und Form schreibt
vor
Gedanken, Thun, Verkehr und Kinderzucht:
Hier fragt er keinem nach; denn ungebunden
Setzt er sein Leben täglich neu aufs Spiel,
Verdient sein Glück dem mutigen Forscher
gleich,
Und so, im Thatendrang, des eignen Schicksals
Kaltblütiger Schmied, erschließt er sich
die Welt.

Hartung. Rastloser, zornig ungezähmter Geist!
Die Heimat könntest wieder du verlassen?

Edelkatt. Was soll ich hier? Auszeichnung heischt die
Pflicht;
Doch ihrer Titel, Stelln und Orden lach ich.

Hartung. Ist dir dein Herd unwohnlich: nimm ein
Mädchen,
Bebau dein Feld und hege deine Forsten.
In kleinem Kreis zu wirken für sein Volk,
Das dünkt dir schlecht?

Edelkatt. Seis drum; ich wills
versuchen.

(Zumbusch mit Agnes, Thomstorff mit Tine, Canadrutt,
Hollefaul und Feldmann treten nach und nach auf.)

Zumbusch. Sind all beisammen? So beginnen wir.
Aufgabe ists, an diesem hellen Freitag
Am Ufer streifend sorgsam auszuspähn,
Ob was Verdächtiges auftaucht aus dem
Dunkel.
Ich wett euch, keine Katze läßt sich sehn.

Agnes. Habt ihr den Mut, bis Mitternacht zu harren,
Will ich mich doch zu meinem Bruder
schlagen
Als sichrem Schutz.

Zumbusch. Hört, was mir eben beifällt.
Wir spalten uns, ein Teil zieht sich nach
rechts,
Der andre links den Ufersaum entlang,
Und so verteilt umzingeln wir den See.

Hartung. Sehr gut!

Zumbusch. Wie stehts? Ist alles einverstanden?

6*

Hartung, geht ihr mit einer Gruppe links;
Ich will mich rechtshin in das Strauchwerk
legen.
Komm, Hollefaul!

Cavadrutt. Nehmt ihr uns mit, Forst=
meister?

(Zumbusch, Hollefaul, Cavadrutt mit Tine und Feldmann
nach links, die andern nach rechts ab. Hartung und Agnes tritt Kunz Fiedelbogen in den Weg.)

Kunz. Das Boot liegt fertig, in der Bucht verborgen!

(Hartung ab.)

Agnes. Du wackrer Kunz!
Kunz. Hört, Fräulein, eine Bitte!
Der Oberst Torgany ist hier am See,
Mit seinem Freund, dem rüstigen Kapitän;
Der müht vergebens sich vom Ufer aus
Um Wasserrosen für das junge Fräulein,
In das, je nun, zum Henker, ihr müßt wissen,
In das Herr Edelkatt wie toll verliebt.
Ich bitt euch, fordert doch das junge Fräulein
Zur Mitfahrt auf, sich Rosen selbst zu pflücken;
Einwilligung erzwingt der Grund vom Vater.

Agnes (schalkhaft drohend). Verschlagner Kuppler du!

Hartung (hinter der Scene). Heda, beeilt euch!
Kunz, lauf voran; du sollst als Führer dienen!

(Agnes und Kunz ab. Der Pfarrer und der Weidmann
kommen vom Angeln zurück.)

Weidmann. Schlecht war der Fang.
Pfarrer. Dies soll mich wenig
grämen,
Denn mir behagt sehr diese Sommernacht.

Spürt ihr die laue Luft nicht in den Knochen,
Wie's Wetter, wer mit Zipperlein behaftet?

Weidmann. Ich hab kein Zipperlein.

Pfarrer. Nein, Gott bewahr euch!
Doch sonderbar, ja seht, was wollt ich sagen,
Die Leute, scheint es, sind schon auf dem
Heimweg.
Ganz still der Forst. Zum Kuckuck, mir
wird seltsam!
(Sie lassen sich ins Moos nieder.)

Weidmann. Gerad solche Mondnacht war's, 's sind
Jahre her, —
Als im Revier Malaczkas, die Karpathen
Im Rücken, auf der Heimkehr von der Jagd,
Der Pußta weichen Boden wir durchquerten.
Ein Feuerschein am Waldrand lockt uns an,
Vom Pfad nach Laune seitwärts abzu=
schweifen:
Und 'ne Zigeunerbande finden wir
Rings um den lohnden Holzstoß hingelagert,
Nach kargem Mahl aus kurzen Pfeifen
qualmend;
Indes die Jugend sich mit Tanz vergnügte
Und wildem Spiel und ihre zottigen Pferdchen,
Nah an der Wagen Treppen angebunden,
Am Futter der Maiskolben knabberten.
Doch lustiger Geigenton durchzog die Nacht,
Statt dieser tiefen drückend schweren Stille.
Wohlan, mein Jagdhorn brech mit seinem
Klange
Das unheimliche Brüten dieser Mondnacht;

Und treiben sich Gespenster hier im Wald um,
Ich scheuch sie auf! (er erhebt sich)

Pfarrer. Meinthalben blast wie
Nimrod;
Es läßt kein Molch aus seinem Schlaf sich
stören!

(Hornstoß.)

Warum kein Lied, Herr?

(Das Walddunkel hinter dem See erleuchtet sich mit einem Schlage)

Himmel, was ist das?!

Weidmann (mit verstellter Betroffenheit) Ist dieser Wald verhext?

(Es beginnt eine unendlich zarte Musik.)

Pfarrer. Hört ihr denn nichts?
Wo rührt dies wunderfeine Klingen her?

Weidmann. Weiß ichs, zum Teufel?

(Die Helligkeit erlischt.)

Pfarrer. Nein, ich bitt euch, seht doch:
Ein Boot kommt mitten übern See ge-
schwommen!
Mit weißen Schatten! Oh, kein Ruder
plätschert!
Gott sei bei uns! Sagt nur: was geht da
vor?

Weidmann (niederknieend). Ehrwürden, habt ihr den Verstand verloren?

Pfarrer. Hört ihr die Töne?

Weidmann. Sind wir zwei von Sinnen?

Pfarrer. Wär das ein Blendwerk des leibhaftigen
Satans?

(schlägt das Kreuz)

Fort, Unrat!

Weidmann.
Hahaha! Der Unrat weicht nicht.
Nein, gehn wir lieber diesem Spuk zu Leibe!
Der Nachen treibt, dünkt mich, zu uns her=
über.
Auf, schleichen wir am Wasser rechts ent=
lang,
Zu spähn, ob dies verwunschne Fahrzeug
landet!

(Weidmann und Pfarrer ab. Der Nachen wendet, verschwindet
plötzlich im tiefen Schatten des rechten Seeufers und legt im äußersten Hintergrund in
einem Waldwinkel unterm überhängenden Laub eines Baumes an. Die Musik erstirbt.
Edelkatt springt aus dem Nachen und trägt Gittan aufs Trockne; auf einem über=
gelegten Brett steigen aus: Thomstorff, Agnes und Hartung, welcher sofort
Kunz das Boot ans Land ziehn und bergen hilft. Indem diese sich im Gebüsch ver=
lieren, tritt im Vordergrund auf Gitta, einige langgestielte Seerosen in der Rechten,
von Edelkatt gefolgt.)

Edelkatt. Wir sind allein, kein Fremder stört uns hier —
Nun, süßes Kind, sprich; Liebling, kennst du
mich?
(er kniet und faßt, aufschauend, ihre Hände)

Weißt du, wer von der See aus dich erblickte,
Als durch die Brandung schoß ein Segelboot
Und du am Strand, wie ängstlich wartend,
standest?
Weißt du, wer deine Wohnung ausgespürt
Und Nachts mit redlichen Dorfmusikanten
Ein Ständchen dir verstohlen zugedacht,
Das jenes Pfarrers schlimmer Zorn verriet?
Weißt du, wer unter Kindern dich belauschte
Bei losem Spiel, im Waldgebüsch am Fahrn=
berg;
Wem deine liebe Wildheit so gefiel? —
Und nun bist du so scheu und sanft geworden!
Wie, Mädchen?

Gitta (leise). Soll ich wieder Wildfang werden?

Edelkatt (steht auf). Nein, Herz: kein junges Füllen will
ich bändigen,
Vielmehr mir eine weiße Taube fangen.
Schenkst du mir, Gitting, einen einzigen Kuß,
Den niemand sieht?

(er küßt sie lang und innig)

Gitta. O laßt!

Edelkatt. Laß! mußt du sagen;
Ich gebe dich nicht nicht frei, gewährst du, Schelm,
Mir nicht das traute du!

Gitta. O laß!

Edelkatt. Herzliebchen! —
Nun sag mir, Kind, wie kamst du in den
Nachen?
Mir ward die holde Überraschung jäh
Zu Teil; bestürzt und heiß durchglüht, be=
herrscht ich
Mich kaum, vor jenen andern kühl zu scheinen.

Gitta. Das Fräulein wirkte mir Erlaubnis aus,
Um diese weißen Rosen hier zu pflücken.

Edelkatt. Fürwahr, dabei hat Kunz die Hand im Spiel!
Die heimliche Verschwörung kennst du auch,
Erst eingeweiht?

Gitta. Ja, Lieber.

Edelkatt. Ist der Tag
Der Freia mir so günstig? Hör, lieb Mädchen,
Willst du mein eigen sein als herzige Braut?
Und an Ost=Holsteins waldumkränzten Seen
Auf meinem schönen Gut als Hausfrau
schalten? —

Nickst du, als könntest du kein Wörtlein
sprechen?

Gitta. Ich will.

Edelkatt. Ich will! O Lippen, die beseligen,
Sollt ich euch keinen warmen Dank bezahlen?

(er läßt sie wieder.)

Gitta. Warum so ungeberdig mich bestürmen?
Ich weiß gar wohl, ich sollte zürnen.

Edelkatt. Liebling,
Wärst du so bös? Ei nein, ich kanns nicht
glauben.
Doch still, es nahn sich Tritte! Hör noch dies:
Ich werb um deine Hand bei deinem Vater;
So lang sind wir uns fremd, nicht wahr, mein
Mädchen?

(Thomstorff, Agnes und Hartung treten auf.)

Hartung. Hier finden wir die beiden Flüchtigen wieder?
Sieh, sieh!

Edelkatt. Ihr brauchtet mich?

Hartung. Das eben nicht;
Doch ist auch unsre kleine Frühlingsgöttin
Der mütterlichen Obhut flink entronnen.

Gitta. Ei, ich war gut beschützt.

Hartung. Das glaub ich wohl;
Wer fürchtet sich, bei solchem Schutz, im
Dunkel?

Thomstorff (zu Edelkatt). Was denkt ihr von dem rätsel-
haften Glanz?

Edelkatt. Höchst wunderbar.

Agnes. Leicht bringen diese Auskunft.

(Zumbusch, Feldmann, Cavadrutt, Tine, Bollefaul treten auf.)

Cavadrutt. Verwünscht! Den Spuk gesehn und nichts gefunden!

Hartung. Ich bitt euch!

Thomstorff. Wie?

Agnes. Erzählt! Was trug sich zu?

Cavadrutt. Saht ihr den hellen Schein mit einem Mal Aufleuchten hinterm See?

Hartung. Ja freilich! Nun?

Hollefaul. Die Schatten habt ihr auch bemerkt, die sich Gespenstisch unter Bäumen dort bewegten?

Hartung. Jawohl! Was solls?

Zumbusch. Verdammt! Ich wittre Unrat!

Feldmann. Das Boot erschien!

Tine. Und hörtet ihr das Klingen? Wie Geigenspiel, jedoch viel zarter, dünkt mich.

Hollefaul. Und plötzlich dann verschwand uns die Erscheinung.

Hartung. Das alles haben wir auch wahrgenommen, Nicht?

Agnes, Thomstorff, Edelkatt. Allerdings.

Zumbusch. Sprecht, wie erklärt ihr das In aller Welt?

Agnes. Ei, bester Herr Forstmeister, Wir wollten euch grad eben danach fragen! Wer wars, der sich so kühnlich unterfing, Des Herthasees Geheimnis aufzudecken?

Zumbusch. Recht, spottet nur!

Agnes. Bleibt ihr die Antwort schuldig? Gesteht ihr, daß ihr schmählich seid besiegt?

75

(Zum buſch und ſeine Begleiter werden auf der einen Seite ins Geſpräch verwickelt.
Den auftretenden v. Torgany und Ribbentrop geht Hartung entgegen.)

Hartung. Dank, daß ihr euer Kind uns anvertraut,
Herr Oberſt.

v. Torgany. Ein Vergnügen war es ihr.
Sie hängt an eurer Schweſter.

Hartung. Ja, ſo ſcheint es.

Ribbentrop. Doch welch ein ſonderbarer Schein von
Fackeln,
Sagt, blitzte kurze Zeit dort hinten auf?

v. Torgany. Woher nur die entzückende Muſik?

Hartung. Da fragt ihr mich zuviel, geehrte Herren;
Wir ſelber ſind betroffen.

v. Torgany. Wer begreift dies?

(Der Weidmann und der Pfarrer treten auf.)

Pfarrer. Gerad in den Schwarm geraten wir, ſo wär
Die Saßnitzer Geſellſchaft doch noch da!

Weidmann. Hier iſt Gefahr für mich, erkannt zu werden;
Drum fort!

Pfarrer. Kumpan, wo bleibt ihr, Sapper=
ment?
Mit dieſen Leutchen läßt ſichs prächtig
reden!

Weidmann. Hört, alter Freund, jetzt zählt nicht mehr
auf mich.
Mich zwingt ein Grund, euch zu verlaſſen.
Fragt nicht;
Faßt in Geduld euch, ihr erfahrt es noch.

Pfarrer. Das nenn ich deutſch, potz Wetter, abge=
fertigt!
Doch ſo gefallt ihr mir! (hält ihm die Hand hin)
Schlagt ein, Genoß!

Weidmann. Lebt immer wohl! (ab)

Agnes.   Auch ihr im Wald,
                    Herr Pfarrer?

Pfarrer. Ja, noch im Wald! Doch mir ist wirr zu
                             Mut
Vom Abenteuer dieser tollen Mondnacht.
Befuhrt denn ihr vorhin im Boot den See?

Agnes. Wir? Nein.

Pfarrer.   Und faht

Agnes.   Den Nachen? Ja.

Pfarrer.   Der Tausend!
Den Lichtschein auch?

Feldmann.   Auch den.

Pfarrer.   Nun denn, Gott
                        straf mich;
In diesem Fall steht der Verstand mir still.

v. Torgany. Die Nacht rückt vor; wir denken heimzufahren.

Hartung. Auch unsre Wagen harrn auf Stubbenkammer.
Beliebts, Herrschaften, dorthin aufzubrechen?

.   (Alle ab. Kunz, mit der Fiedel, tritt aus dem Gesträuch hervor)

Kunz.   Fort, alle fort. Nur ich, der willige Diener
All ihres Frohsinns, bin allein geblieben,
    (er setzt sich und stützt das Haupt in die Hand)
Kunz, alter Narr, warum so dumm und
                        traurig?
Quält dich die Einsamkeit der Nacht, mein
                        Freund?
O dir wär wohler, wärst du fern von hier,
Weit fern in Böhmen, deiner lieben Heimat!

(Während er wie unbewußt die Geige ansetzt und eine schwermütige Volksweise
spielt, fällt der Vorhang langsam.)

Fünfter Aufzug.

Erste Scene.

Der Waldgrund an den Wissower Klinken.

Rechts hinten die Waldhalle, vorn Meeresblick über die Felsspitzen hinweg; links im Hintergrund ist eine Schaubühne aufgeschlagen. Der Tanzplan ist mit Flaggen des Reiches, der Bundesstaaten, der Marine, mit Wimpeln, Laub- und Blumengehängen reich geschmückt.

Hartung, Agnes, der Pfarrer treten auf.

Agnes. Welch blauer Himmel lacht dem Fischerfest!
So friedlich liegt die Bucht, im lauen Seewind
Schaukelt sich nur der Küstenbuchen Laubwerk;
Der Herrgott meint es gut mit Rügens See=
                                                    mann.

Pfarrer. Laßt sie nur kommen! Fertig zum Empfang,
Im Festschmuck prangt der Platz; in der
                                            Waldhalle•
Mühn sich für Speis und Trank geschäftige
                                            Hände,
Und Spiel und Tanz erwartet muntre Gäste.

Hartung. Seht doch, sie halten schon! Der kleine Dampfer,
Gefolgt vom Schwarm der buntgeschmückten
                                            Boote,
Einem Wald von Wimpeln, Fähnlein, Laub=
                                            gewinden,
Wirft Anker aus, und schon beginnt das Landen.

Agnes. Wie herrlich glänzt das endlos weite Meer!

Pfarrer. Spürt ihr den heiligen Schauer des Erhabnen,
Der Gottheit ungeheures Wehn? Blickt hin:

Da ruht nun die unbändige Naturkraft,
Nur himmlischen Gewalten unterthan,
Gleich schön und stolz; ein Wille, eine All-
mmacht,
Und jeder Wogenschlag ein Wort des Ewigen!
Was ist der Mensch, wann diese Flut, empört
Vom schrillenden Orkane, furchtbar tosend,
Die Planken seines Schiffs zum Grunde
reißt! —

Hartung. Schon windet sich der langgedehnte Zug
Den Felsensteg hinauf; seht, die Spielleute
Erreichen gleich die Höhe. Eile, Schwester,
Die kleine Frühlingsgöttin zu empfangen,
Daß Freias Einzug würdig sich gestaltet.

(Die Musik beginnt, allmählich näherkommend, seemännische und Jägerweisen
aufzuspielen.)

Pfarrer. Schickt nach der Bühne mir das Schauspielvolk!

(Agnes, Hartung und der Pfarrer ab. Der Zug der Sommergäste
und Fischer, von Kunz Fiedelbogen und seinen Dorfmusikanten geführt, geht
über die Bühne und löst sich im Hintergrund auf. Seeoffiziere, Matrosen,
Landleute nehmen an langen Tischen Platz oder lassen sich, zu frohem Gelage, auf
dem Waldboden nieder. Die Jugend teilt sich in Spielgruppen. Es kommen Thomstorff, Tine, Cavadrutt; im Hintergrunde Hollefaul, Ribbentrop,
Zumbusch, Feldmann.)

Tine. Die Fahrt war schön auf unbewegtem Wasser.
Thomstorff. Glaubt, schöner wird dies Fest.
Cavadrutt. Seht dorthinaus;
Ist das nicht Edelkatt?
Thomstorff. So scheints auch mir.
Tine. Er sucht wohl irgendwen.
Cavadrutt. Ein Abenteuer
Hat, muß ich glauben, ihm den Kopf ver-
dreht.
Warum entzög er sonst sich uns so völlig?

(Edelkatt wird in der Entfernung sichtbar.)

Tine. So ruf ihn doch!

Thomstorff. Er wird verschlossen sein,
Stört man aus seinem Anschlag so ihn auf.

Tine. Ei, Neckerei wird wohl den Mund ihm
öffnen.

Cavadrutt. He, Edelkatt! Was wandelt ihr so einsam?

Tine. Vergönnt ihr uns nicht eure Gegenwart
Wie einst?

Edelkatt. Hol euch ! Ihr Diener, gnädige
Frau.

Tine. Wir missen ungern eure Unterhaltung.

Edelkatt. Ihr scherzt.

Tine. Durchaus nicht, Freund. Doch
wißt ihr wohl,
Eure Späherschliche sind uns nicht entgangen.
Gesteht nur, welche Schöne thats euch an?

Thomstorff. Vielleicht ein schmuckes Kind vom Nachbar-
dorfe?

Edelkatt. Denkt, was ihr wollt.

Cavadrutt. Seht, der Festwagen naht!

(Die Frühlingsgöttin fährt auf einem von weißen Kühen gezognen
Wagen vorüber, um von der empfangenden Erde Besitz zu nehmen. Gitta als Freia.
Landleute umgeben den Wagen. Hartung und Agnes treten auf.)

Hollefaul (zu Ribbentrop). Welch schönes Kind, die Tochter
eures Freundes!

Ribbentrop. Ein trefflich Mädchen; glücklich, wer sie heim-
führt.

Edelkatt. So wahr ich lebe: Gitta!

Hartung. Nun, Herrschaften,
Seid ihr zufrieden?

Tine. Sie sieht reizend aus

In ihrem schneeigen Gewand, die Kleine,
Und rühmlich löst ihr das Versprechen ein.

Zumbusch. Bei meinem Bart, wo sah ich diese weiße
Gestalt schon einmal?

Feldmann. War dies Fräulein nicht
Gestern am Herthasee?

Zumbusch. Was? Recht, Inspektor;
Wie Schuppen fällt es jetzt mir von den
Augen!
Das Mädchen stand im Nachen! Wär hier
etwa
Ein Kinderspiel mit uns getrieben worden?

Agnes. Gewiß hielt euch ein Wichtelvolk zum besten!
Nicht wahr, wir können hübsche Weisen spielen?

Zumbusch. Euch dank ich diesen Schelmenstreich, mein
Fräulein?

Agnes. Und Edelkatt und meinem werten Bruder,
Vom Herrn Landrichter freundlich unterstützt,
Nebst unserm Freunde Kunz, dem braunen
Geiger.

Zumbusch. Zum Teufel!

Cavadrutt. Eine förmliche Verschwörung?

Tine. Wie die Arglistigen sich doch verstellten!

Zumbusch. Ich Thor, blindlings zu traun! Ich Einfalts-
pinsel!

Hollefaul. Freundchen, warum so wild? Gelang ein Scherz,
Und du bist angeführt? Bei Zeiten,
Mein Junge, wetz die Scharte wieder aus!

Zumbusch. Fräulein, ich schwörs: ich will mich schrecklich
rächen.

Agnes. Kurz ist die Frist, da wir noch hier verweilen:
Wer weiß, ob wir uns später je begegnen.

Zumbusch. Nun, Fräulein Agnes, wär es euch ein Opfer,
Mein altes Wittwerheim euch zu besehn?

Agnes. Gern such ich euch mit meinem Bruder auf.

Zumbusch. Versteht mich recht: ihr hättet keine Lust,
In meinem Heim als Wirtin einzukehren?

Agnes. Forstmeister, wär das eure ganze Rache?
Geht mir! Die fürcht ich nicht.

Zumbusch. So schlagt ihr ein?

Hollefaul. Bringt euren Glückwunsch nur den Neuver-
lobten!

Thomstorff. Das ist mir eine artige Überraschung!

Edelkatt (zu Hartung). Du hast das Bild gestellt? Verräter!
Unhold!
Wie konntest du mir diesen Plan verschweigen?

Hartung. Du nahmst nicht Teil, als der Beschluß ge-
faßt ward.
Was wußt ich, daß du für dies Mädchen
schwärmst?

(Der Pfarrer kommt.)

Pfarrer. Erlaubt! Euch such ich, Freund! Flink hin-
tern Vorhang,
Denn unser Schaustück soll sogleich beginnen!

Edelkatt. Herr Pfarrer, nennt mir erst mein Widerspiel!
Wer giebt die Braut? Das möcht ich wirk-
lich wissen.

Pfarrer. Du liebe Güte! Könnt ihrs nicht erwarten?
Kein Sterbenswörtchen hat sie euch zu sagen!
Schämt euch! Wer wird denn so neugierig
sein! —
's ist 'nes Amtsbruders Tochter hier vom Lande.

Edelkatt. So, so.

Pfarrer. Nun ja! Potz Stern! Was ist da weiter?

Denkt ihr, ich kann euch 'ne Prinzessin dingen?

Edelkatt. So war es nicht gemeint! Ich will mich rüsten. (ab.)

Pfarrer. Den Forstmann saht ihr nicht, der mir bekannt?

Hartung. Ehrwürden, nein.

Pfarrer. Fürwahr, 's ist zum Verzweifeln!
Ihr seid der zehnte, den ich darnach frage.
Kein Mensch erkennt mir ihn nach der Be=
schreibung.
Mein saubrer Freund wollt auf dem Fest er=
scheinen
Und hockt, um mich zu prellen, jetzt im Winkel!
Die Zeit rückt vor, heut Abend läuft die
Frist ab;
Zum Kuckuck, ich verliere meine Wette!

(Er geht nach dem Hintergrunde. Hartung schaut ihm kopfschüttelnd nach.)

Thomstorff. Der Pfarrer scheint heut wunderlich erregt.

Hollefaul. Ihn stört die Sorge wohl um seine Spieler.

(Auf ein Glockenzeichen werden Bänke herbeigeschoben; die Festteilnehmer bilden, teils sitzend, teils stehend, einen Zuschauerring)

Pfarrer. Hört, lieben Freunde, wackre Festgemeinde!
Anheben soll sich jetzt zu Lust und Lehr
Ein kernig Spiel: von Klaus dem Störte=
becker.
Wer kennt nicht diesen grimmen Wolf der Meere,
Der nahversteckt in Jaßmunds Schluchten hauste,
Und sein gerechtes Ende? Dies Begebnis
Stellt sich euch dar.

(Der Vorhang der Schaubühne zerteilt sich. Der Hintergrund zeigt ein Ratszimmer)

Seht hier den Rat von Hamburg!

———

Burgemeister (Henning Kruse) und Ratsherren. Ein Diener.

Burgemeister. Was will der Fremdling? — Führt den
Mann herein!

(Der Diener ab. Ein Fremdling [Hans Edelkatt], in ritterlicher Tracht,
den linken Arm in der Binde, tritt auf und verneigt sich)
Sprecht, eur Begehr?

Der Fremde. Mit Gunst, Herr Burgemeister,
Und ihr, gestrenger Rat, ich ruf in euch
Zu Hülfe meine mächtige Vaterstadt
Wider Klaus Störtebeck, den kühnen Räuber,
Der ein Jahrzehnt schon König heißt der
Ostsee,
Den Schiffen aufpaßt und sie auf den Strand
lockt,
Von Rußland bis nach Frieslands Küsten
plündert,
Den Deutscher nicht noch Däne schickt zur Hölle.
Hört nun die Schmach erst, die mir an=
gethan!
Zu Rigas reicher Kirche wars, wo ich,
Herrn Bockholts Sohn und eurer Kaufstadt
Bürger,
Am Altar stand mit einem edlen Fräulein.
Der Lichter Glanz, der Wohlklang der Musik
Umfing die Sinn uns, als der gelle Ruf:
Jesus, der Störtbeck! all in Aufruhr jagt.
Denn schneller schon, als der Gedank es faßt,
Blitzen um uns die Klingen der Piraten,
Kreuzweg, Altar und Schiff mit Blut be=
sudelnd,
Beim Überfall in frevler Kirchenschändung.
Von meiner Seite, der ich schwerverletzt
Ohnmächtig hinsank, reißt man mir die Braut

6 *

Und schleppt sie, mit den heiligen Gefäßen,
Mit Schätzen, Gold und Decken schwer be-
laden,
Schnell zu den Schiffen, spannt die Segel auf
Und flüchtet aus der ausgeraubten Stadt,
Gnädig, nicht Feuer noch hineinzuwerfen! —

Herrn und Gebieter! Was vermag ich,
einzeln,
Zu arm, ein schamlos Lösegeld zu zahlen,
Denn gegen diese mörderische Brut? —
Doch wenn das stolze Hamburg sich ermannte,
Die See vom losen Volke rein zu fegen,
Glückt es wohl auch, die Braut mir zu
befrein!

Burgemeister. Wie dünkt euch dies Ansinnen, werte
Herrn? —
Ihr schweigt? Die Pflicht gebietet mir zu
reden.
Wer es verwirft, erhebe sich vom Stuhl!
Wie, keiner? - - So verkünd ich als Beschluß:
Eine starke Flotte wird stracks ausgerüstet,
Das freche Raubgesindel aufzuheben.

Der Ritter. Gönnt Anteil mir.

Burgemeister.   Verfolgt sie, Freund, und helft,
Der tollen Schar Schlupfwinkel auszuräuchern.
Ruft den Schiffsführer! Boten an die Städte!
Wir züchtigen sie! Gott für die freie Hansa!

Kriegerische Musik. Beim Zurückziehn des Vorhangs sieht man die Schlucht von
Stubbenkammer. Klaus Störtebeck (Töge Corenzen) springt, den Degen in der
Faust, aus einem Boot aus Land. Seeräuber.

Klaus. Rasch! Pest und Tod! Sie sind uns auf den
Fersen!

Soll ich, zum erſten Mal auf See beſiegt,
In Wehr, vor dieſen Krämerſeelen zittern?
Fort mit der Beute! Eilt euch, das Gerät
Am Schloßwall, unſrer Zuflucht, gut zu bergen!
(Die Schätze u. a. werden fortgeſchafft.)

Ein Freibeuter (Michel Borgwardt) Wir ſind verloren, Haupt-
mann! Streck die Waffen!
Ergieb dich, daß wir noch dem Strang ent-
rinnen!

Klaus (ſticht ihn nieder) Fahre zur Hölle, gottverfluchter Schuft!
Wer wagts, mir von Ergebung vorzuwinſeln?

Zweiter Freibeuter. Dort kommt das zweite Boot pfeil-
ſchnell heran!

Dritter Freibeuter (hinter der Scene) Die Jungfrau nehmt!

Klaus. Freund, koſtbar iſt die Bürde;
Noch denk ich Tonnen Goldes zu erpreſſen!
(Eine verſchleierte Jungfrau wird über die Bühne geſchleppt.)

Indes ihr ungeſäumt ins Innre flüchtet,
Deck ich den Rücken euch; mit feſtem Fuß
Erwart ich ſelbſt am Strande Hamburgs
Söldner,
Mit ihren Leichen anzufülln die Schlucht
Von Stubbenkammer oder mit den Meinen
Am Fuß der Klippe hier mich zu begraben!

Schiffsführer der Hamburger (Marſſen Wings, hinter der Scene)
Ergreift den Führer! Laß ihn nicht entwiſchen!
Die Stadt zahlt hohen Preis für ſeinen Kopf!

Klaus. Elender Wicht, wer ſah Klaus Störtebeck
Jemals vor einem Hanſenknechte fliehn,
Der ſeine Haut um Geld zu Markte trägt?
Auf jedem meiner Stöße hockt der Tod!
Wahrt euch! Heran, wen es darnach gelüſtet!

(Die Hamburgischen Boote landen. Der Schiffsführer, der Ritter, Hamburger
Seesoldaten treten auf. Gefecht, in dem Störtebeck viele niedermacht)

Ritter. Treff ich dich, Störtebeck? Erkennst du mich,
Der einmal schon den Degen mit dir kreuzte,
Als Rigas Gotteshaus entweiht ward? Sprich,
Nichtswürdiger! Wo versteckst du meine Braut?

Klaus. Sucht euer Jüngferchen, verliebter Narr!
Mit blankem Stahle geb ich euch die Antwort
Und send euch flugs ihr nach!

Ritter. Tot wär sie, Lügner?
Verworfner Bube, schändlich Ungeheuer,
Zu arg beschmutzt für meine reine Klinge:
Mit diesen Händen will ich dich erwürgen!

(Zweikampf. Der Ritter schlägt dem Seeräuber den Degen aus der Hand und
stürzt über ihn her)

Klaus. Ei, sehr geschickt! (zückt einen Dolch) Stirb, hübscher
Bräutigam!

Ritter. Noch nicht! (entwindet ihm den Dolch)

Klaus. Verflucht!

Ritter. Die Knebel her!

Klaus. Ah, Hunde!
Verdammte Hunde! Recht, erdrosselt mich!

(Störtebeck wird geknebelt)

Schiffsführer. Nein, den Gefallen, Leute, thut ihm nicht;
Dem Henker sparen wir ihn besser auf! —
Doch Herr, euch bitt ich, keine Zeit verloren,
Setzt hurtig jenem kleinen Haufen nach,
Der mit der Jungfrau dort im Wald verschwand!
Vollführt ihr dieses rühmliche Geschäft,
Ich kehr zu Schiff mit den Gefangnen heim.

Ritter. Lebt wohl! Frei seht ihr meine Braut und mich,
Freund, oder nie mich wieder!

(ab, mit Mannschaften)

Trauermusik. Die Bühne stellt den Markt in Hamburg, zum Richtplatz umgewandelt, dar, mit dem Hintergrunde des Rathauses. Burgemeister, Ratsherrn Störtebeck, Seeräuber, Volk. An der Seite der Pfarrer.

Burgemeister. So wär denn diese jähe Unternehmung
Zum Ruhme Hamburgs glücklich ausge=
schlagen.
Die Schwesterstädte billigen, mit uns einig,
Das Todesurteil über die Piraten.
Doch ehe jetzt beginnt das grause Werk,
Erinner ich nach altem Fug und Brauch,
Dich, Störtebeck, und deine Spießgesellen,
Daß jedem armen Sünder frei es steht,
Sich eine letzte Gnade auszubitten.

Klaus. Ihr Herren, für mich selbst begehr ich
nichts,
Schmach wär mir jeder Bettel eurer Gnade.
Doch schmerzt es mich, wenn auf dem
Block hier all
Die trefflichen Gefährten bluten sollten.
Drum bitt ich dies: an wem ich, erst ent=
hauptet,
Aufrecht, Rumpf ohne Kopf, vorüber=
schreite,
Dem schenkt die Freiheit!

Schiffsführer. Unerhörter Antrag!
Doch dünkt mich, Herrn, so sonderbar
dies ist,
Die Gnade könnt ihr leichthin ihm be
willigen:
Sein Leib bricht nieder schon beim ersten
Schritt!

Burgemeister. Wärs denkbar, daß des Mannes Eisenwille
Im Tode noch den Körper bändigte? —

Der Wunsch sei dir gewährt. Besinn dich
noch:
Du hättest gar nichts für dich selbst zu bitten?

Klaus. Laßt für mein Seelenheil mich selber sorgen,
Ich raube keinem Pfaffen gern die Zeit!
Doch drängt ihr so mir eine Gabe auf,
Wohlan, so reicht mir einen Becher Wein,
Daß ich mit e i n e m Zug ihn leer und stürze
Und mich bewähre als der Störtebecker!

(Ein Becher Wein wird ihm gebracht)

Dies trink ich euch zu, meine Heldenbrüder!

(er leert den Becher mit einem Zug und schmettert ihn auf den Boden)

Tod und Verachtung dem Geschmeiß der
Krämer!

Bürgemeister. Fort mit dem Lästrer! Legt das Frevlerhaupt
Ihm vor die Füße!

(Ein schwarzer Vorhang verschließt die Richtstätte)

Nun, was bringst du, Bote?

Bote. Herr Bockholt naht mit der befreiten Maid.

Bürgemeister. Den tapfern Streiter führ vor unsern Rat,
Daß wir vor allem Volk ihm würdig
danken.

Schiffsführer (kommt zurück) Ein gräßlich Schauspiel sahen
meine Augen!
Erfüllt hat Störtebecker die Bedingung:
An zweien wankte noch sein Rumpf vorbei!

Bürgemeister. So hätt er das Unmögliche vollbracht?! —
O wie beklagenswert, daß solch ein Geist,
Zu Größerem von der Natur bestimmt,
Des schimpflichsten Gewerbes Meister war!

(Die zurückkehrende Kriegsschar tritt auf, der Ritter mit dem verschleierten
Fräulein, zwischen den Söldnern gefesselte Seeräuber. Als der Zug an dem
Pfarrer vorüberkommt, entschleiert sich die Jungfrau.)

Edelkatt.	Wen seh ich? Herr des Himmels! Gitta, du?
Pfarrer.	Was ist euch? Wollt ihr aus der Rolle fallen?
Edelkatt.	Süßer Betrug!
Pfarrer.	Hört auf den Burgemeister!
Burgemeister.	Sei uns gegrüßt, du jugendschönes Paar!

Gegrüßt, holdselige Braut und dein Be-
freier,
Des Holstenlandes ritterlicher Sohn!
Laßt uns gesamt in dieses Tages Freude
Der früheren Verlöbnis Fest erneuen,
Mit diesem Ruf: Heil euch und eurer Liebe!

Das Volk stimmt ein. Der Vorhang schließt sich.)

*Der Pfarrer kommt, Edelkatt an der Linken, Gittan an der Rechten führend,
die Stufen seitwärts herab und tritt an den Obersten heran.*

Pfarrer.	Das Spiel ist aus: doch für dies liebe Paar

Bitt ich um euren väterlichen Segen.
Schaut mir nicht böse drein, mein bester
Oberst,
Weil heimlich sich die jungen Herzen fanden
Und ich im Spiel sie euch zusammenbrachte.
So nur wird eine Festung überrumpelt,
Durch listigen Überfall; gesteht, nicht wahr?
Ihr wolltet mir, im Ernst, die beiden
scheiden?

Gitta.	Mein Vater!
Edelkatt.	O vertraut mir eure Tochter!
v. Torgany (lächelnd)	Klug habt ihr den Fürsprecher euch gewählt,

Ich will mich seinem Rat nicht widersetzen;
Auch seid ihr mir als Ehrenmann bekannt.
Doch dieses Kind wollt ihr mir schon ent-
führen,

Das kaum aus seinen blauen Träumer-
augen

Recht in die bunte Welt hinausgeguckt? —
Nun, meinethalben nehmt den Bösewicht,
Der seinen Vater vor der Zeit verläßt,
Allein ihr seid im Nest vor mir nicht
sicher!

Edelkatt. Mein Vater, nein, ihr zieht in unser Heim,
Das wir zur heitren Stätte euch gestalten!
O werdet mir, der Waise, zweiter Vater!

v. Torgany. Fühlt euer Herz, was diese Lippe sprach?
Dann meinen Segen, teure, gute Kinder!

Edelkatt. Ehrwürden, innig dank ich euch. Und jetzt,
Da unsrer einstigen Feindschaft letzte Spur
Verwischt, laßt eine Beichte euch gefallen.
Wißt ihr, wer an dem argen Ständchen
schuld,
Das damals euch des Nachts in Harnisch
brachte?
Ich wars, der Lieder sang vor Liebchens
Fenster.

Pfarrer. Ihr, Herr Spaßvogel? Ei, da sollt ich
schelten!
Potz Wetter! Nun, ihr seid ein rechter
Schelm
Und habt nicht halbwegs euer Glück verdient;
Ists nicht so, Fräulein, wie?

Gitta. Ich gönn es ihm.

v. Torgany. Nehmt Platz bei uns, wir wolln beim
Traubensaft
Im engen Kreise froh die Stunde feiern.
Doch wo steckt Ribbentrop nur?

Pfarrer. Mit dem Kriegsrat
Steht er dort im Gespräch. Ich hol ihn her.

(Er geht nach dem Vordergrunde rechts.)

Hollefaul. Der Prinz besucht das Fest nicht, Kapitän?

Ribbentrop. Er war verreist und wohl auf Jagd ge=
fahren;
Heut Abend wollt er mich in Saßnitz
sprechen.

Hollefaul. Ein großer Weidmann!

Ribbentrop. Ja, von Jugend auf;
Wie er auch meist in Jägertracht umher=
geht.

Pfarrer (faßt ihn heftig an) Wer, ei zum Donnerwetter, wer
thut das?

Ribbentrop. Wer? Nun, der Prinz!

Pfarrer. Der Prinz? Ja, welcher
Prinz?
Sagt, welcher Prinz geht hier in Jäger=
tracht?

Ribbentrop. Das wißt ihr nicht? Die königliche Hoheit
Des Prinzen Friedrich Karl von Preußen!

Pfarrer. Was?
Prinz Friedrich Karl? Gott steh mir bei! —
Er ists!

Hollefaul. Ist dieser Mann bei Trost?

Lorenzen. Heißt die Musik
Aufspielen! Frisch! Zum Tanz, zum Tanz,
Herrschaften!

Pfarrer. Er ist es! O, ich ungeheurer Flegel!

(Ribbentrop geht auf v. Torgany zu eine lustige Tanzmusik beginnt.)

Zweite Scene.

Wirtslaube am Altkiek, mit dem Blick auf die See.
Links führen Stufen zum Strandweg hinab. Die Nacht bricht ein.
Prinz Friedrich Karl, in einen Mantel gehüllt, steht an
der Brustwehr. Ribbentrop.

Prinz. Dämmrung vorbei.

Ribbentrop. Sie kehren heim vom Fest,
Schon halln die Klänge fernher übers Wasser.

Prinz. 's ist eine wundervolle Julinacht;
Das stille Meer begünstigt das Vergnügen.

Ribbentrop. Es spielt kein Hauch. Hier mißtraut nur
der Seemann,
Der bald die See im Spätherbst brüllen
hört,
Wann donnernd ihre windgepeitschten Wogen
Gegen Jaßmunds starre Felsenküste schlagen.

Prinz. Ungastlich wird die Insel dann, mich hälts
Nicht mehr im Blockhaus unterm nordischen
Himmel.
Verödet Weg und Steg, kein Fußtritt schallt,
Nicht Lied noch Lachen durch den Buchen-
forst.
Schneesturm durchbraust die tiefe Einsamkeit,
Drin Eule, Fuchs und Hirsch die einzigen
Gäste,
Und hüllt das Land in weißer Decken
Schimmer.
Wo sind die heiteren Gestalten hin?
Ob sie vergaßen, fern im Reich verstreut,
Wie selig einst der Sommer war auf
Rügen? —

Doch seht mir, Kapitän, welch lieblich Bild!
Zu Wasser kehren heim sie und zu Lande.
Dort taucht der Zug der Kinder aus dem
        Wald auf,
Wie 'n glühnder Faden sich zum Strande
        schlängelnd;
Hier nahn, ein Sternenreigen auf der See,
Zahllose Lampen durch das Dunkel
        schwimmend.
Hört ihr nicht Tritte?

Ribbentrop.   Hoheit, jemand kommt.

Prinz.   Wer könnt es sein? Mein Pfarrer ists,
        paßt auf.
Sehr schade, daß ein Zufall meinen Stand
Durch euch ihm aufgedeckt; jedoch, was gilts,
Bei meiner Seel, ich suchs ihm auszureden.

(Er nimmt seine Mütze ab und steckt sie beiseite)

Laßt sehen, ob er sich zu helfen weiß.
Da ist er! Still!

       (Der Pfarrer tritt auf)

Pfarrer.   Pechschwarz hier! Holla, Wirtschaft!
So scheint er noch nicht hier?

    (Eine Flurlampe wird gebracht)

            Schön, eine Lampe.
Doch seh ich recht, potz Kuckuck —

Prinz.   Hahaha!
Ihr kommt gar spät zum Austrag unsrer
        Wette!
Nun, wißt ihr, wer ich bin? Heraus damit!

Pfarrer. Halten zu Gnaden: Königliche Hoheit
Prinz Friedrich Karl von Preußen!

Prinz.   Hahaha!

Pfarrer. Wolln eure Hoheit, da ich euch nicht kannte,
Mir meine derben Worte nicht verübeln.

Prinz. Ich wär der Prinz von Preußen? Hahaha!
Sprecht ihr im Ernst? Nein, seid ihr toll,
Ehrwürden?
Spaßvögel führten euch wohl an der Nase?
Wer hat euch diesen Bären aufgebunden?

Pfarrer. Der Herr Kaptän hier!

Ribbentrop. Sollt ein Mißverständnis —

Prinz. Ein Mißverständnis! Denn der bin ich nicht!
Gebt euer Spiel verloren!

Pfarrer. Sapperment! —
Reicht mir doch einmal, bitt euch, mit der Linken
Das schlechte Bild herab, dort euch zu
Häupten,
's stellt den Pariser Siegeseinzug dar —
Daß ich den Prinzen mir genau besehe.

Prinz (erhebt die rechte Hand) Soll gern geschehn.

Pfarrer. Nein, mit der Linken, sagt ich.

Prinz. Muß es die Linke gerade sein, mein Freund?
Ich zwing sie bis zur Höhe nur der Brust,
Durch einen leichten Unfall einst beschädigt.

Pfarrer. Bei Wiesenthal, in blutigem Reitertreffen,
Besinn ich recht mich! Hoheit, bin ich
Sieger?

Prinz (wirft den Mantel ab und steht in der Offiziertracht der roten Husaren da)
Nun, das gesteh ich frei: ihr seid mir über,
Ihr Biedermann, der sich nicht schrecken ließ
Des Nachts im Wald durch bunten Mummen=
schanz
Und Fackelschein und, fragt den Kapitän,
Der ausgelassnen Badegäste Treiben.
Allein gesteht: erbost euch nicht mein Fehlen

Beim Fest? Doch war ich dort gefährdet;
Drum blieb ich hier. Und nun, zu guterletzt:
He, Wirtschaft! Wein! Anstoßen will ich heut
Mit euch auf dieses Leben hier am Meere!

(Es wird Wein gebracht, und sie stoßen an Inzwischen ist der Schein der Stock
laternen und das Gewirr vieler Stimmen immer näher gekommen. Von Torgany und
Hollefaul, Edelkatt und Gitta treten zur Seite und lassen den vom Volke be-
gleiteten Zug der Kinder vorbei. Hartung.)

Hartung. Selbstsüchtiger, stehst du endlich mir? So
                                    treulos
Verleugnest du den Freund, des Bräutchens
                                    wegen? —
Geh mir nur aus dem Lande, großer Held!
Wie wars? Wolltst du nicht um die Erde
                                    reisen?

Edelkatt. Du spottest und beneidest mich noch einst!

Hartung. Auf deinem Polterabend wart ich auf;
Dann freu dich!

Gitta. Müßt ihr Haus denn immer
                                    schelten,
Ihr schlimmer Freund?

Edelkatt. Sieh, Kind: er meints
                                    nicht bös;
Nur seine Zunge ist ein wenig hitzig,
Und fürchterlich plagt ihn die Eifersucht:
Er gönnt mich keinem andern, auch nicht dir.

(Zumbusch mit Agnes, Thomstorff, Tine, Cavadrutt und
Feldmann treten auf.)

Hollefaul. Dort kommt das zweite Paar. Nun, auf der
                                    Hochzeit
Will ich, trotz meiner alten Knochen, tanzen!

(Der Prinz tritt an die Brüstung hinaus und wird, im Begriff, die Stufen
hinunterzugehn, vom Volke bemerkt, das ihm zujubelt)

Ribbentrop. Hoheit, ihr wollt euch in die Menge wagen?

Lorenzen.	Der rote Prinz!
Wings.	Das ist er!
Volk.	Hurrah, Hoch!
Prinz.	Wir sind Gefangne, scheints.
Lorenzen.	Still! Er will reden!

Prinz.

Freunde, vom schönen Fest kehrt ihr zurück,
Das ihr einmütig, jung und alt, begingt,
Hoch gleich wie niedrig, Landmann mit dem
                Städter.
Durch solchen Sinn ward unsre Heimat groß.
Denn gleich wie Jaßmund, Mönchgut oder
                Wittow,
Die drei Halbinseln hier, Wald, Fels und
                Heide,
Durch schmale Engen tiefen Dünensandes,
Geröll und Öde unter sich getrennt,
Und doch die mächtige Ostsee, ringsum-
                flutend,
Mit weißer Kette sie zusammenhält, —
So soll ein Sinn des Vaterlandes Stämme
Und alle Schichten unsres Volks verbinden,
Daß wir, mit reichen Gaben ausgerüstet,
Uns stark erweisen für der Väter Amt:
Herrscher zu sein zur See wie auf dem
                Lande,
Die ersten stets in Werken und Gedanken.
Wenn, wie der Ahnen, so auch euer Geist
In heiligem Feuer glüht: laßt Thaten,
Deutsche, für eure hohe Seele zeugen!

(Indem er die Stufen hinabschreitet, fällt der Vorhang.)